hakata tonkotsu ramens

博多豚骨ラーメンズ9

木崎ちあき
イラスト／一色 箱

「ここまできたら一蓮托生でしょ」
「ここから先は、オレの仕事じゃない」
Enokida & Yamato

博多豚骨ラーメンズ 9

HAKATA TONKOTSU RAMENS

始球式

「あなたは電車に乗っていて、座席に座っています。他に席は空いていません。目の前には、二人の乗客が立っています。ひとりは九十歳くらいの腰の曲がったおばあさん。もうひとりは少しお腹《なか》の大きくなった妊婦さんです。さて、あなたはどちらに席を譲りますか？」

面接官の奇を衒《てら》うような質問に、地味な色のスーツを着た青年たちは皆、困惑の表情を浮かべている。右から三番目に座っている自分を除いて。

強烈な既視感が、斉藤《さいとう》の頭の中を駆け巡る。

面接の真っ最中にもかかわらず、斉藤はただひとり、過去の苦い思い出に浸っていた。前にも同じようなことがあったな、と否《いや》が応《おう》でも記憶が蘇《よみがえ》ってくる。新卒の就活生だったあの頃、たまたま受けたある会社の採用試験でも、面接官に不可思議な質問をされた。

『あなたなら、どうやって人を殺しますか？』

　その後、まさか、あんな大変なことになってしまうとは。

　よりにもよって【殺人請負会社《マーダー・インク》】などというブラック中のブラック企業に入社し、失敗続きで左遷され、さらには命を狙われ、殺人犯に仕立て上げられ――今までの波乱万丈な人生を振り返ると、ついつい涙が込み上げてくる。これまでよく生きてこられたな、と自分を讃《たた》えたい気分だった。

　あんな日々は、もう二度と御免だ。次の就職先は慎重に選ぼう。ごく普通の、健全で堅実で真っ当な会社に勤めよう。

　斉藤はそう心に誓った。そして、転職サイトの求人元に対してもリサーチを怠らなかった。本当に信頼に足る会社なのか、反社会的な勢力との繋《つな》がりはないか、綿密に調べた上で応募ボタンを押していた。

　その中の一社、【川端《かわばた》コールサービス】から連絡があり、斉藤は中途採用の面接試験を受けることになった。場所は、福岡《ふくおか》市内にある貸し会議室。面接官はひとり、後藤《ごとう》という三十過ぎの男で、求人サイトにも彼の写真が載っていた。いかにもサラリーマン然とした真面目そうな見てくれだが、シャツの襟元や袖の隙間から紋々が覗《のぞ》いていないだろうかと、ついジロジロ観察してしまった。

「それでは、いちばん右側の方から順にお答えください」

眼鏡の面接官に促され、指名された男が「はい」と返事をする。

「私は、両方に座ってもらいたいと思います。妊婦さんもおばあさんも、どちらも立っているのは大変ですから。まず、自分が立ち上がってどちらかを座らせて、それから、誰か席を譲ってくれる人がいないか、周りの人に声をかけます」

模範解答だな、と斉藤は思った。面接慣れしていることが窺《うかが》える。

「ありがとうございます」面接官がメモを取りながら言った。「では、次の方、お願いします」

川端コールサービスは、設立は五年前と福岡のコールセンター業としては新興ではあるが、金融関係やライフラインの問い合わせ、情報通信のテクニカルサポート、通信販売の受注・販促などサービス内容は多岐にわたり、取引先には有名な企業が名を連ねているとのことで、評判も上々だった。元社員の口コミからも、ちゃんと裏が取れている。この会社なら問題ないだろうと、神経質になっている斉藤の心も太鼓判を押した。

「――それでは、次の方。斉藤さん、お答えください」

そんなことを考えているうちに、ついに自分の番が回ってきた。

この質問の意図は何なのだろうか。斉藤は一瞬、頭を悩ませた。――が、考えるだけ無駄だ、と思い直した。コールセンターには悪質なクレーマーからの電話も多いと聞く。おそらく、質問の答えには深い意味を求められていないのだろうな、と斉藤は見当をつけた。予測不能な事態に直面したときにとっさに上手《うま》く切り返しができるか、毅然《きぜん》とした態度でしっかりと回答ができるか、そういったアドリブ力のような素質を試されているのだろう、きっと。

「私は、妊婦さんに席を譲ります」

斉藤は胸を張り、ハキハキと答えた。

面接官がさらに踏み込んでくる。「それは、なぜですか？」

「おばあさんは一人ですが、妊婦さんのお腹の中には赤ちゃんがいます。妊婦さんに席を譲ると、二人が座れることになるんです。限られた数しかないのなら、より多くの人が席に座れた方がいいと思いませんか？　一人よりも、二人の方が。だから私は、妊婦さんに席を譲ります」

斉藤の答えを聞いた面接官は、何のリアクションも見せないまま、涼しい口調で

「ありがとうございました」とだけ告げた。

自分の答えが正解だったのか、はたまた見当違いだったのかはわからない。それでも、気にするつもりはなかった。自分はやれるだけのことをやったのだから。不採用だったときは、また別の会社を探せばいいだけのこと。一度、人生の底を舐《な》めた自分にとってみれば、試験に落ちるくらいなんてことない。そう思えるようになったことが、この一年の収穫だ。

その一週間後、斉藤の自宅ポストの中に、一通の封書が入っていた。

川端コールサービスからの採用通知だった。

中に同封されていた社員証に、斉藤は飛び上がるほど喜んだ。

1回表

「──その『大和《やまと》』って名前、本名なのか？」

ふと気になり、林憲明《リンシエンミン》は尋ねた。野球場の三塁側ベンチ前でストレッチをしていたところ、ユニフォームの背中にプリントされた『YAMATO』の文字がちょうど目に入ったからだ。

「あ、それ、俺も気になってました」と、アンダーシャツを身に着けながら斉藤が話に入ってくる。彼はチームのエースだが、現在無職の男だ。今日は面接試験を終えてからここに駆け付けたようで、スーツ姿だった。

「俺も知りたいな」と、キャッチャーの重松《しげまつ》も頷《うなず》く。「本名なのか？」

すると、

「いや、違いますよ。源氏名っす」

と、大和は首を振った。

「なんで『大和』？」

なにか由来があるのだろうか。興味本位で質問すると、大和は露骨に嫌そうな顔をした。

「別に、適当だよ。昔入ってたサークルの名前から取っただけ」

どうでもいいだろ、そんなこと。そう言って雑談を早々に切り上げ、チームの2番打者は素振りを始めてしまった。

十月。残暑がようやく過ぎ去り、福岡の街もすっかり過ごしやすくなった。日差しは適度にあたたかく、時折涼しい風が吹いている。野球をするにもちょうどいい季節だ。

福岡市を拠点に活動している草野球チーム『博多《はかた》豚骨《とんこつ》ラーメンズ』は本日、練習試合のために久留米《くるめ》市《し》の野球場に集まっていた。一塁側のベンチは対戦相手である地元チームが陣取っている。

挨拶を交わし、さっそく試合が始まる。1回表、ラーメンズの攻撃。1番バッターの榎田《えのきだ》が四球で出塁し、すかさず盗塁を決めた。2番の大和もヒットを打ち、ノーアウト一・三塁。

普段、3番を打っているのはチームのキャプテンである馬場《ばんば》善治《ぜんじ》なのだが、現在は病院に入院しているため、5番打者のジローが代わりに入っている。ジローへの初球は変化球だった。一塁にいた大和がスタートを切り、二塁を陥れる。立て続けに盗塁が成功し、ノーアウト二・三塁とチャンスが広がった。

それをベンチで眺めていた監督の剛田《ごうだ》源造《げんぞう》が、

「さすがうちの1・2番コンビやねえ」

と、手を叩《たた》いて称賛した。

「おいおい、初回から走りすぎじゃねえか？」主砲のマルティネスが苦笑を浮かべている。「俺の打席ではチョロチョロすんなよ」

「それは保証できんねえ。あの二人はグリーンライトやけん」

「……グリーンライト？」

林は首を捻《ひね》った。どういう意味なのだろうか。野球初心者の彼には、まだまだ聞き慣れない野球用語が多い。

「その名の通り、青信号ってことばい」と、源造が答えた。

「青信号？」

ますます理解できないでいる林に、佐伯《さえき》が説明を付け加える。「僕たちが盗塁するときは監督のサインに従いますが、グリーンライトの選手は自分の判断で盗塁していいって決まってるんです」

「ま、俺らに盗塁のサインが出ることなんて、滅多にないけどな」と、重松が笑い飛ばした。

豚骨ナインの中でグリーンライトの許可を受けているのは、榎田と大和の二人のみらしい。つまり、監督の源造はそれだけ彼らの足を信頼しているというわけだ。たしかに、あの二人は速い。林も自分の足に自信がないわけではないが、彼らには敵《かな》わないだろうと思う。

「あの二人、シーズン中にどちらが多く盗塁できるか、毎年競ってるんですよ。罰ゲームとして、負けた方が高級店の焼肉奢《おご》る決まりだそうで」

「へえ」と、林は声をあげた。二人の間にそんな決まり事があったとは、知らなかった。「あいつら、意外と仲いいんだな」

「まあ、ライバルみたいなもんなっちゃろうね。同い年やし」

ジローは四球ファールで粘った末、レフト方向へと緩やかな飛球を打った。三塁の榎田がタッチアップで本塁に還《かえ》ってくる。悠々セーフのタイミングだ。ジローの犠牲フライにより、ラーメンズは1点先制した。ベンチ横でキャッチボールをしていた斉藤と重松も、手を叩いて喜んでいる。

1アウト二塁。次のマルティネスの打席でピッチャーが暴投し、二塁にいた大和が三塁へと進む。マルティネスは三球目のストレートを引っ張り、レフト線ギリギリのヒットを打った。

これで二点目。足を絡めた攻撃で、効率よく点が取れている。

ベンチに戻り、仲間とハイタッチを交わしている大和に、

「今年の盗塁王もボクかな」

榎田が呟《つぶや》くように言った。

それに対し、

「へっ」と、大和が鼻で笑う。「言ってろ」

お互い口調は穏やかだが、絡み合う視線には激しい火花が散っているように見えなくもない。

今シーズンの盗塁記録は現在、榎田が三十二、大和が二十九だそうだ。今の時点ではうちのリードオフマンが優勢である。榎田は憎たらしい顔で「早く食べたいなぁ、あの店の特上シャトーブリアン。キミの奢りでね」とライバルを煽《あお》り、大和は眉間に皺《しわ》を寄せて「お前も網で焼いてやろうか、くそキノコ」と罵った。

二人仲良く肉を食べている姿なんて想像できないな、と林は肩をすくめた。

1回裏

中央区春吉《はるよし》に構えている組事務所。若頭用の個室にあるデスクの上には、いくつもの札束が並んでいる。各所から吸い上げた上納金だ。札束を数えながら、乃万《のま》組若頭の岸原《きしはら》は深いため息をついた。

「今月はこんだけか？　しけてんなぁ」

下っ端に任せている風俗店の売上が日に日に落ちている。なんでも、余所《よそ》の違法店に客を盗《と》られているという噂《うわさ》だ。悔しければ自分たちも同じ手を使えばいい、と挑発されているような気分だった。とはいえ、暴力団が法律で厳しく縛られている今のご時世、しょっ引く口実をそう易々《やすやす》と警察に与えてやるわけにはいかない。指を咥《くわ》えて見ているしかなかった。

乃万組は福岡市内の指定暴力団系組織であり、本来は麻薬密輸を主な資金源としていた。だが、ある中華系グループとの派手な抗争によって当局のマークが強まり、商売から手を引かざるを得ない状況に陥っている。

そんな中、どうにか組の財源を確保しようと頭を悩ませていた岸原は、次なるシノギに目を付けた。

金塊である。

ここ数年、金の価格は上昇傾向にある。今が狙い目だろう。アジアの玄関口である福岡では金の闇取引が盛んに行われていた。薬ほど大きく稼げる代物ではないが、その代わりメリットもある。金塊の密輸は比較的刑罰が軽いため、人材が集めやすいのだ。

「どうだ、韓国《かんこく》の連中は？」

首尾を尋ねると、側近の部下が「順調のようです」と答えた。

計画はこうだ。

まず、韓国に組の人員を送り込み、現地の人間を数人スカウトして密輸組織を結成する。組織は税金のかからない香港《ホンコン》に渡り、大量の金を安く買い付ける。そこから再び韓国に戻り、釜山《プサン》から博多港行きの高速船に乗る。税関職員を買収して福岡へと密輸させるのだ。福岡に着いた運び屋から金塊を受け取り、消費税をかけて貴金属店に売りさばき、税率分の利益を得る、というカラクリである。三億円相当の金塊を密輸すれば、最低でも三千万円が手に入ることになる。

「現地より、１００キロほど買い付けたとの報告を受けておりますが」

という側近の言葉に、

「問題ない」灰皿に煙草《たばこ》を押し付けながら、岸原は頷く。「絶対にしくじるなと伝えておけ」

「承知しました」

そのときだった。背広の胸ポケットに入っている携帯端末が振動した。通話に切り替え、「岸原だ」と耳に当てる。

『岸原さん』

舎弟の声だった。

「なんだ」

『例の男を捕まえました』

例の男――その言葉に、岸原の顔が険しくなる。

「そうか、すぐに行く。殺すなよ」

『はい』

通話を切ろうとしたところで、「だが」と付け加える。「殺さない程度に可愛《かわい》がってやれ」

『了解です』

今度こそ電話を切り、

「車を出せ」

と、岸原は低い声で命じた。


岸原には、頭の痛い問題がもうひとつあった。

フルスモークのベンツの後部座席に乗り込み、事務所を出ると、乃万組が所有しているビルへと向かった。四階にあるテナントのひとつ、この音楽スタジオは組が利用している拷問部屋である。

中に入ると、黒服の部下たちが若い男を取り囲んでいた。襟足の長い茶髪頭のその男はちょうど腹に蹴りを入れられ、床に蹲《うずくま》っていたところだった。岸原の命令通りかなり痛めつけられたようで、顔は腫れ上がり、鼻や口からは血を流している。

「よう、兄ちゃん。小奇麗な顔が台無しだな」

しゃがみ込み、岸原は男の髪の毛を摑《つか》み上げた。

「あんた、うちの娘を弄んでくれたらしいじゃねえか」

岸原には娘がいる。愛梨《あいり》という名前の、二十一歳の大学生だ。

溺愛している愛娘《まなむすめ》の色恋沙汰の前では、組のシノギ問題ですら霞《かす》んでしまう。目の前にいるチャラチャラした男を、岸原は今すぐ射殺してしまいたい気分だった。いや、殺すくらいでは足りないだろう。

「ち、違います、誤解です」

男は狼狽《うろた》えていた。

てかてかしたボルドーのシャツに、黒いスラックス。大きくあいた胸元にはゴールドのネックレスが輝いている。この男――名前は怜音《れおん》というらしい。本名かどうかは怪しい――は、娘の恋人だそうだ。少なくとも、娘の方はそう思っていたが、この男はどうやらホストらしく、あちこちで女を作っているようだ。お抱えの興信所に調べさせたので間違いないだろう。どうしようもないクズだというのに、娘がこの男に惚《ほ》れ込《こ》んでいることが腹立たしくてたまらない。

「うちの娘からいくら巻き上げたんだ？　あぁ？」

「ごめんなさい、知らなかったんです、あんたの娘だって」

「知った途端にトンズラか？　卑怯《ひきょう》な奴《やつ》だなぁ」

怜音は娘に散々金を貢がせたが、彼女が乃万組若頭の娘だと知るや否や、行方を晦《くら》ましてしまったのだ。娘に「パパ、怜音を探して」と泣きながら訴えられてしまった岸原は、組の舎弟を総動員して捜索に当たった。

怜音は博多区内のネットカフェに潜伏していたらしい。岸原が差し向けた舎弟のひとりに見つかり、ここへと連れられてきた次第だ。

「殺さないでください！　なんでもしますから！」

涙と鼻水を垂れ流しながら、怜音が叫んだ。その場に土下座し、頭を床にすりつけている。ああ、娘よ、こんな情けない男のどこがいいというのだ。岸原は頭を抱えたくなった。

「殺さねえよ。まだ、な」

憎き男の頭を踏みつけ、岸原は答えた。

殺してやりたい。だが、そんなことをすれば、この男を愛してやまない娘に勘当されかねない。

殺しはしないが、一発喰《く》らわすくらいは許されるだろう。岸原は男の胸倉を摑んで無理やり立たせると、鬱憤を晴らすかのように相手の頬に強烈な右フックをお見舞いした。怜音がくぐもった悲鳴をあげ、その場に頽《くずお》れる。だが、岸原の気分は少しも晴れなかった。

「テメェが娘にしたこと、全部吐いてもらおうじゃねえか」

そう言って、岸原は携帯端末を取り出した。「助けてください」と懇願する男の声を涼しい顔で聞き流しながら、電話をかける。

「俺だ、岸原だ。また仕事を頼みたい」

電話の相手は、知り合いの拷問師だ。


「――助けてください、お願い、殺さないで」

深夜二時過ぎ。福岡市内の山中に、男の情けない悲鳴が響き渡った。

かれこれ一時間半ほど、男は地面を掘り続けている。スーツ姿の若い男だ。山道を長いこと歩かされたせいで、真新しい革靴は赤土で汚れている。首から社員証を下げていて、『江口順平《えぐちじゅんぺい》』と書かれた顔写真付きのＩＤが、彼の動きに合わせて左右に揺れた。

その間、サリムは微動だにせず、彼の背中に向かって拳銃を構えていた。

シャベルを持つ手を動かしながら、江口が口を開く。

「お願いします、本当に、なにも言いませんから」

土を掘り返す音に混じって、江口の懇願が聞こえてくる。

「本当です、信じてください」

この男に少しの勇気と武術の心得があれば、そのシャベルを振りかぶってこちらに襲い掛かってくることもできただろうが、彼はただのひ弱な会社員だ。屈強な体つきのバングラデシュ人に拳銃を向けられてしまえば、『穴を掘れ』という指示にも素直に従うしかなかった。

「約束します、警察には言いません！　あの会社のことは、全部忘れますから！」

江口が声を張りあげた。

「だからお願いです、僕を助けてください！」

命乞いする江口に対して、サリムは無言を貫いた。銃を構え直し、黙って作業を続けろ、と圧をかける。

すると、江口は畳みかけるように言葉を紡ぐ。

「あなた、殺し屋なんですよね？　いくらもらっているんですか？　僕、貯金はあるので、あなたの給料の三倍払いますよ、助けてくれたら。ねえ、どうです？　悪い話じゃないでしょう？　ねえ――」

「ゴメンネ、ワタシ、日本語ワカラナイ」

サリムが一蹴すると、男は絶望の表情を浮かべた。言葉を投げかけることを諦め、土を掘り返すことに集中する。

長さ2メートル、幅1メートル、深さ2メートルほどの穴が完成したところで、男がシャベルを地面に放り捨てた。

「ほ、掘りました……次は、どうすればいいですか？」

全身土塗《つちまみ》れになった男が穴の中から這《は》い上《あ》がろうとした瞬間、サリムは拳銃の引き金を引いた。サプレッサーで音量を絞った銃声が静寂な森の中を駆け抜ける。心臓のど真ん中を撃ち抜かれた男は、そのまま後ろに倒れ込み、自らが掘った穴の中へと転落していく。

拳銃をしまい、今度はサリムがシャベルを手に取った。死んだ男の体に土をかぶせていく。

かわいそうに、と思わなくもない。江口順平に関する情報を思い返す。この男は、金に困っていた。ギャンブル癖のある父親が借金を抱え、蒸発した。連帯保証人となった母親を助けるため、今の会社に就職した。

しかしながら、この会社で働くには、江口は善人すぎたのだ。

穴を埋め尽くし、足で土を踏み固めたところで、サリムは両手を合わせた。それから、すぐにプリペイド式の携帯端末を取り出す。雇い主に報告を入れるためだ。

「──あ、もしもし？　俺です、サリムです。今、油山《あぶらやま》にいます。……ええ、終わりました」

福岡に来て、早十年。サリムは日本語が堪能《たんのう》である。

2回表

林は病院に到着すると、受付を素通りし、真っ先にエレベーターに乗った。四階で降り、入院患者用の個室が並ぶ通路を歩く。目的の部屋はこの突き当たりだ。ここへ来ることにも、もうすっかり慣れてしまった。

ひとつ手前の部屋を通り過ぎようとしたところで、ちょうどドアが開き、中から大学生くらいの若い女が出てきた。林と目が合うと、その女は会釈をして病室をあとにした。

個室のドアのネームプレートには【五十嵐《いがらし》壮真《そうま》　様】と書かれている。盗み見るつもりはなかったが、閉まりかけの扉の隙間から部屋の中が見えてしまった。ベッドに横たわる男の患者と、その体に繋がれた医療器具、規則的な音を発し続ける心電図のモニター。不穏な光景が視界に飛び込んできて、先日の一件が林の頭に蘇る。救急車で運ばれる血だらけの男と、いつ止まってもおかしくない機械音。あのときは肝が冷えたな、と息を吐き出す。

嫌なことを思い出してしまった。軽く首を振って頭の中から記憶を追い出し、目的の部屋へと向かう。

「馬場、入るぞ」

ドアには【馬場善治　様】と書かれている。林は病室をノックし、扉を開けた。部屋の中央にあるベッドに腰かけて水を飲んでいる男を見つけ、思わず「あっ」と声をあげる。

「お前、またバット振ってただろ！」

馬場は上半身の患者衣を脱いでいた。林が声を荒らげると、体中に包帯を巻いたその男はしれっとした顔で「振っとらん」と答えた。

「嘘《うそ》つけ！　じゃあ、なんでそんな汗かいてんだよ！」

「あ、これ？　さっきまでリハビリ室に行っとったけん」

嘘に決まっている。

この野郎、と舌打ちし、ベッドの布団を剝ぎ取ると、中から金属製のバットが出てきた。今度は馬場が「あっ」と声をあげる。

「これは没収だ」

愛用のバットを取り上げると、馬場の顔色が変わった。「やだ！　やだやだ！　やだーっ！」

「うるせえ！　静かにしろ！」

三歳児のように駄々をこねる馬場を一喝する。

林の言葉を聞き流し、馬場はベッドに横たわると、

「あーあ、はよ退院したかぁ」

と、口を尖《とが》らせた。

「だったらおとなしくしとけ。いつまで経《た》っても退院できねえぞ」

林は肩をすくめた。

安静にしていろという医者の忠告を無視し、この男はいつも目を盗んで素振りや筋トレに励んでいる。体を鈍《なま》らせたくないらしい。早く実戦に復帰したい気持ちは理解できるが、体を休めることも大切だ。

「とにかく、あんまり騒ぐなよ。この病院、意外と壁薄いんだから」

林は眉をひそめて忠告した。先刻盗み見た隣の部屋を思い出す。見るからに重篤そうな患者だった。近所迷惑になっていなければいいのだが。

「お前みたいな元気な奴が、こんな立派な個室とは」部屋を見渡しながら嗤《わら》う。「贅《ぜい》

沢《たく》なもんだな」

「だって、ここしか部屋空いとらんって言われたっちゃけん、しょうがないやん」

広い個室だ。洗面台も風呂もある。ふと、サイドテーブルに視線を向けると、白いビニール袋が目に留《と》まった。

「おい、これどうした」

袋の中身は、大量のミカンだ。

「お隣の五十嵐さんにもらったと」

ああ、あの女か、と隣の部屋から出てきた若い女の顔が頭を過《よ》ぎる。

「『親戚からいっぱい送られてきたので、よかったら食べてください』って。果物とかお菓子とか、いつもお裾分けしてくれるとよ」

どうやら病院でのご近所付き合いは良好らしい。こいつ、結構入院生活楽しんでんじゃねえか。そもそも、殺し屋ともあろう者が、赤の他人からもらったものをホイホイ口にするのもどうかと思うが。

あの女、見るからにカタギの人間だったし、そこまで用心する必要はないかもしれないが、それにしても親切が過ぎるな、と林は思った。お裾分けというのはただの口実で、本当は馬場と距離を縮めようとしているのではないだろうか、なんて下世話なことを考えてしまう。

「その女、お前に気があるんじゃねえの？」

からかうような林の口調に、馬場は笑いながら手を振った。

「いや、ないない。相手は人妻ばい」

「……人妻？」林は首を捻った。「あんなに若いのに？」

大学生くらいに見えたが。若くして結婚したのか、それとも、大学生に見えるほどの童顔なのか。

釈然としない表情を浮かべる林を見て、馬場はすぐに察したようだ。

「あ、真澄《ますみ》ちゃんと勘違いしとろ？　あの子は五十嵐さんの娘さんばい。よくお兄ちゃんのお見舞いに来とんしゃあ。いい子なとよ、顔合わせるといつも挨拶してくれるし」

お裾分けしてくれるのはお母さんの方、という馬場の説明に、林もようやく合点《がてん》がいった。

「そんなことより」

と、馬場が唐突に話題を変えた。

楽しげに声を弾ませて身を乗り出してくる。「どうやった、昨日の久留米での練習試合。俺がおらんけん苦戦したやろ？」

「楽勝だったぜ。10対2」

「………………」

　何とも言えない表情をしている馬場を無視し、林は昨夜の試合を振り返った。勝因は何と言っても1・2番コンビの二人だろう。榎田と大和は競い合うように次の塁を狙っていた。足を使った攻撃がうまくハマり、コンスタントに得点を重ねることができたのだ。盗塁の成功率がいかに勝利に繋がるかということを、なんとなく理解できた一試合だった。

「なあ、お前もグリーンライトなの？」

　ふと、気になったことを訊《き》いてみた。

「いや」

　馬場は首を振る。

　意外だった。この男だって、足は速い。試合中に盗塁を成功させる姿を見たこともある。それなのに、自由に走る許可はもらえないのか。あの榎田や大和と、この馬場。その差はいったい何なのだろうか。

　素朴な疑問をぶつけてみると、

「盗塁ってのはね、足の速さだけが大事やないと。技術が必要なとよ」

と、馬場は答えた。

ピッチャーの癖、クイックや牽制《けんせい》、キャッチャーの送球の速さ——ありとあらゆる要素を観察し、分析し、ベストなタイミングでスタートを切る。盗塁というものは、ただ単に二塁に向かって走っているだけのように見えるが、その裏ではいろいろな駆け引きがあるのだという。

「榎田くんも大和くんも、盗むのが仕事やけんねえ。本職の人には敵わんばい」と馬場は笑った。


帰り際に、馬場は「今度明太子《めんたいこ》持ってきてよ」と言った。「気が向いたらな」と軽くあしらい、病室をあとにする。

一階に降り、病院のエントランスを出たところで、派手な髪色の男が林の目に留まった。

「あ」

よく知る顔だった。

大和だ。

ズボンのポケットに両手を突っ込み、大和がこちらに向かって歩いてくる。

噂をすれば何とやらだな、と思いながら足を止めると、大和も林に気付いたようだ。

一瞬、驚いたように目を見開いていた。

「よう」と、林は手を上げた。「お前も馬場の見舞いか？」

林の言葉に、大和が頷く。「ああ、まあな」

大和は手ぶらだった。特に見舞いの品は用意していないらしい。

病院の自動ドアを通り過ぎる背中に向かって「あいつの部屋、四階だぜ」と教えてやると、大和は黙って右手を上げた。


ここに来るときは、いつも気が重い。

福岡市内にある総合病院。年季の入った建物で、古臭い外観は当時からずっと変わらない。かれこれ七年通い続けている病院を訪れたところで、ふと足を止める。

「お前も馬場の見舞いか？」

まさか知り合いにばったり出くわすとは思わず、大和は驚いた。林の顔を見て、そういえば、と思い出す。あの人が入院しているのもこの病院だったか。すっかり忘れていた。

「ああ、まあな」

とっさに話を合わせておいた。本当のことを言う必要はないし、人に知られるわけにもいかない。

林と別れて、大和は病院に入った。エレベーターで四階に上がり、慣れた足取りで通路を進む。個室のドアに書かれた『五十嵐壮真』の文字を見る度に、いつも胸が押し潰されそうになる。

——誰もいませんように。

祈りながらドアに耳を当てる。話し声は聞こえてこなかった。中に人の気配がないことを確認してから、大和はそっとドアを開け、病室に足を踏み入れた。

思った通り、そこにいるのは患者だけだ。ベッドに横たわる親友の顔は、今日も青白く、両目は固く閉ざされている。その顔を見つめていると、言葉にできない感情が込み上げてきた。

「……いつまで寝てんだよ」

思わず独り言が漏れてしまう。

なにをムカついてんだ、と思う。大和は自嘲した。彼を責める資格なんて、自分にはないというのに。

もう七年になる。七年もの長い間、五十嵐壮真は昏睡《こんすい》状態に陥っている。歯痒《はがゆ》くて堪《たま》らない。いつまで経っても目覚めない親友に対するもどかしさと、愚かな過去の自分に対する憎しみ。どろどろとした感情が心の奥に渦巻いていく。

この部屋の中だけ、まるで時が止まっているかのようだ。

「なあ、壮真……オレはあのとき、どうすればよかったんだろうな」

ここへ来ると、否が応でも昔を思い出してしまう。若気の至りが招いた、あの悲劇を。

あの頃、自分たちは若かったのだ、というのは愚かな言い訳でしかない。

大和はため息をついた。スーツの胸ポケットから分厚い茶封筒を取り出す。ホストの仕事で稼いだ先月分の給料だ。

「来月、また来るから――」

茶封筒を患者の枕元に置こうとした、そのときだった。部屋のドアが開いた。やべっ、と思ったときには、もう遅かった。五十前後の、化粧っ気のない女が部屋に入ってくる。

五十嵐壮真の母親だ。

大和に気付くと、母親は驚いたように目を見開いた。見つかってしまった、と背中に冷や汗が伝う。

こうしてちゃんと顔を合わせるのは、あの事故の日以来だろうか。七年前と比べると、白髪が増え、やせ細ってしまったように見える。ずいぶんと老け込んだ女の姿に戸惑っていると、「前田《まえだ》くん」と声をかけられた。

前田――その名前で呼ばれるのは、いつぶりだろうか。

「……あなた、だったのね」

茶封筒を見つけ、母親の顔色が変わる。

「いや、これは、その」

弁解しようとしたが、言葉がうまく出てこない。

すると、

「もうここへは来ないでください」

と、母親は厳しい口調で言い放った。

取り付く島もない一言に、大和は絶句する。

「うちの家族に関わらないで」

どこか、責めるような声色だった。

当然だろう。それだけのことを自分はしたのだ。わかっていたことだし、拒絶される覚悟はしていたはずなのだが、こうしていざ目の当たりにすると、なかなか堪えるものがある。

言わなければならないことは山ほどあったはずだ。彼女に会ったときは、あの日のことを深く謝罪しようと心に決めていた。それなのに、なにも言えなかった。言葉が出てこなかった。彼女に対する申し訳なさや親友に対する罪悪感に押し潰されそうになり、尻尾を巻いて逃げるしかなかった。

失礼します、と項垂《うなだ》れながら、大和は部屋の外に出た。後ろ手にドアを閉め、ため息をつく。

そのときだった。

「やあ」

隣の部屋から出てきた男に、いきなり声をかけられた。見れば、プラチナブロンドのマッシュルームヘアが、こちらに向かって手を振っている。

嫌というほど見覚えのある男に、大和は顔をしかめた。「げっ」

「……元気そうでなによりだよ」

見舞いに訪れた榎田は、野球中継を観《み》ながら金属バットを振り回す馬場の姿に苦笑した。

重症患者が集まるフロアに入院しているというから、そんなに具合が悪いのかと心配していたのだが、単にそこしかベッドの空きがなかっただけのことらしい。どこまでも人騒がせな男だと思う。

「安静にしてないと、林くんに怒られちゃうよ」

という榎田の忠告を、馬場は軽く笑い飛ばした。

「ああ、大丈夫。もう怒られたけん」

いったいなにが大丈夫なんだろうか。首を捻りたくなる。そういう問題ではないだろうに。

呆《あき》れる榎田を余所に、

「榎田くん、昨日の練習試合、大活躍やったらしいやん。さっきリンちゃんに聞いたばい」

　バットを置き、タオルで汗を拭きながら馬場が言った。

　その言葉に、榎田は「まあね」と頷いた。昨日の試合を反芻《はんすう》する。10対2でラーメンズの圧勝だった。

「シーズン終盤だからね。そりゃあ気合いも入るよ」

「今、どげん？　どっちが勝っとーと？」

「ボク」

　昨日の試合で、榎田は盗塁を二つ決めた。対する大和は一つだ。これで記録は榎田が三十四、大和が三十。差が四つに広がった。

「このままいけば、チーム内盗塁王はボクで決まりだね」

　そして、高級焼肉が待っている。

「俺も早く野球したかぁ」

「だったら、おとなしく養生してないと」

「もー、リンちゃんみたいなこと言う」

「誰だって同じこと言うと思うよ」

「あ、ミカンいる？　隣の人にいっぱいもらったっちゃけど」

──などという世間話をするためにここへ来たわけではない。「それで」と、榎田は本題に入った。

「わざわざこんなところまで呼び出して、今日は何の用？」

尋ねると、馬場の表情が締まった。声も真剣なトーンに変わる。

「これ、調べてほしいっちゃん」

と、馬場は一枚のメモ紙を手渡した。

受け取り、榎田はそれをじっと眺めた。なにかのリストのようだ。数人の名前がカタカナで書かれている。

馬場が自分に調べものを頼むのは、いつものことである。だが、「報酬はいくらでも払うけん」というやけに気前のいい馬場の一言に、普段の依頼とは違う物々しさを覚えてしまう。

「何なの、これ」

「別所《べっしょ》が暗殺した人物のリスト」

別所──別所暎太郎《えいたろう》か。元殺人請負会社の殺し屋だ。榎田は一瞬だけ目を丸めた。

馬場が入院する原因にもなった、つい先日の事件を思い出す。別所は馬場の親を殺した張本人だ。

「あの強盗事件に裏があるのは、榎田くんも知っとるやろ？」

「まあね」

十三年前、馬場の父親は殺され、馬場も重傷を負った。犯人である別所は逮捕され、事件は単なる強盗殺人として処理されている。だが、別所が過去にマーダー・インクに勤めていたとなると、話は途端にきな臭くなる。

「別所が最期に教えてくれたとよ。会社を辞めた後、ある男に雇われとったたって」

「その依頼で」メモ紙を一瞥《いちべつ》する。「この人たちを殺したって？」

「そう。俺の父親も、標的のひとりやった」

どうやら別所から口頭で教えられた名前を、馬場はこの紙に書き出したようだ。すべてカタカナで書かれているのはそのためだろう。

メモの最後には「バンバカズヨシ」とある。馬場の父親だ。

殴り書きで記されたその文字を見て、榎田は察した。「つまり、暗殺された人物全員の身元を洗っていけば、その黒幕の男に繋がる手がかりが見つかるかもしれないって、馬場さんは考えてるわけだ？」

馬場はこの事件の黒幕を追うつもりなのだ。そのために、父親の情報までも掘り返す覚悟でいる。

「そういうこと。さすが、話が早か」

と、馬場は目を細めた。

「期限は？」

「いつでもよかよ。仕事の合間にでも調べとって」ただし、と馬場は低い声で付け加える。「もしかしたら、やばいことに首を突っ込むことになるかもしれんけん、くれぐれも慎重にね」

「了解」

用事は済んだ。長居は無用だ。馬場に別れを告げ、榎田はメモ紙をポケットにしまいながら退室した。

通路に出た瞬間、どこからか深いため息が聞こえてきた。

榎田は視線を横に向けた。隣の部屋の前に若い男が立っている。辛気臭い表情を浮かべるその男には、見覚えがあった。「やあ」と挨拶すると、相手は露骨に嫌そうな顔になった。

「——げっ」

見られたくないところを見られてしまった。

それも、よりにもよって、いちばん厄介な奴に。

——最悪だ。

今日は厄日か？　大和は顔をしかめた。病院の入り口で林に会い、病室では壮真の母親に見つかり、帰り際には榎田に絡まれる。自分はただ、誰にも見られず、こっそりと親友を見舞いたかっただけなのに。

榎田も馬場の見舞いに来ていたのだろう。まさか、馬場が入院しているのが、壮真の隣の部屋だったとは。

大和はすぐさま踵《きびす》を返《かえ》した。榎田に背を向けると、エレベーターを目指し、廊下を早歩きで進んでいく。

「ちょっと、無視しないでよ」

榎田が追いかけてくる。

「ねえ、大和くん」

大和はとっさに顔を背けた。「人違いです、僕は大和ではありません」

「え、まさかそれで押し通すつもり？」

「急いでるので、失礼します」

歩幅を広げてさらに加速しても、榎田はぴたりと後ろをつけてくる。距離がすぐに縮まってしまう。くそ、足が速い。こいつの足の速さは、誰よりも自分がよく知っているわけだが。

心の中で舌打ちしながら、大和は走り出した。全速力で廊下を駆け抜け、エレベーターに乗り込むと、『一階』と『閉』ボタンを押した。

ゆっくり閉じていくドアの隙間に、榎田が「乗りまーす」と手を突っ込んできたので、大和はものすごい速さで『閉』を連打した。閉閉閉閉閉閉。早く閉まってくれ、いっそのことこいつをこのまま潰してくれ。

そんな抵抗も虚《むな》しく、榎田は悠々とエレベーターに滑り込んできた。

左右のドアが閉まった。ゆるやかに下降していく密室の中に、二人きり。気まずいと思っているのは自分だけのようだ。隣に並んだキノコ頭はにやにやしながら声をかけてくる。

「誰の見舞い？」

「……誰でもいいだろ」

大和は吐き捨てるように返した。

誰にだって触れてほしくないことや、蒸し返されたくないことはある。だからそっとしておいてあげよう——などという仏心を、残念ながらこの男は持ち合わせていない。

「教えたくないなら別にいいよ。調べるから」

という榎田の言葉に、大和は舌打ちした。

それは困る。こいつに調べられたら、余計なことまで掘り返されてしまう。ここは適当に答えておいて、興味を喪失させるのが得策だろう。なにも面白いことなどないのだとわかれば、この男もこれ以上踏み込んではこないはずだ。

「昔のダチだよ」

と、大和は答えた。

嘘は吐《つ》いていない。五十嵐壮真は大和の親友だった。

「交通事故で、意識不明の重体。植物状態ってやつだ」

これも本当のことだ。

「もう七年も前の話だ。チャリ通してたときに、飲酒運転の車が突っ込んできたせいでさ」

最後の一言だけは嘘だった。壮真が意識不明になった原因は、車との衝突事故ではなかった。

　すると、

「へえ、そう。お気の毒に」

と、全然気の毒そうじゃない声色で榎田が言った。なんだ、つまんない、と顔に書いてある。大和の狙い通り、興味を失ったように見えた。

　そうこうしているうちに、エレベーターが一階に着いた。これ以上追求されないよう、大和は真っ先に出入り口へと向かう。

　病院を出たところで、

「それじゃ、ボクはここで」

と、榎田が片手を上げた。これから依頼人と会うらしい。

「ああ、またな」

　こちらも副業の仕事が控えている。榎田と別れてから、よかった、と大和は安堵《あんど》した。どうにかやり過ごすことができたようだ。

　腕時計を見る。まだ十八時過ぎだ。出勤時間までは余裕がある。ラーメンでも食べにいくか、と大和は中洲《なかす》を目指した。

2回裏

意識が混濁している。

体が動かない。疲労のせいか、激しい痛みのせいか、はたまた抜け切れていない自白剤のせいか。拷問を受け続けた肉体は限界を迎え、自分の意思でコントロールできる範疇《はんちゅう》をとっくに超えていた。

「――例の件ですが、買収している税関職員のシフトの関係で、福岡入りは明日以降になりそうです」

声が聞こえる。

男が喋《しゃべ》っているようだ。この声はおそらく、乃万組の奴だろう。たしか、若頭の側近だったか。……税関職員？　何の話をしているんだ？

「そうか」

と返事をしたのは、若頭の岸原だ。

俺は、いったいどうなってしまったのだろうか。怜音はうっすらと目を開け、現状を確認しようと試みた。

この音楽スタジオに連れ込まれてから、おそらく半日以上が経過していると思われるが、状況は然程《さほど》変わっていないようだった。部屋の中には、乃万組のヤクザらしき数人の黒服と、スキンヘッドの黒人がいる。

「それで、首尾はどうだ？」

岸原に訊かれると、

「あらかた吐いたぜ」

と、黒人の男は血の付いた拳をタオルで拭きながら頷いた。

怜音を長いこと痛めつけていたのは、この外国人の男だった。拷問を生業としているらしい。知っていることをすべて吐かせろ、という岸原の指示だった。

怜音の口から絞り出した情報を、拷問師が岸原に報告している。

「こいつ、Adamsっていう店でホストやってるらしいんだが、裏では半グレと繋がってるんだとよ」

半グレ——その語源は「グレーゾーン」やら「愚連隊」やら様々な説があるが、要は「暴力団に属さない犯罪集団」のことだ。やっていることは暴力団と何ら変わりないが、組織に属さず自由に徒党を組むことができる。おまけに対暴力団用の法律では取り締まることができないため、警察も手を焼いており、社会に野放しになっているのが現状だ。

「半グレ、だと？」

岸原が険しい表情を浮かべた。

ヤクザと半グレの関係は、基本的に二つのパターンに分かれている。ヤクザが半グレを雇い、身動きできない自分たちの代わりに働かせる。もしくは、縄張りを争い、互いにシノギを食い合う。乃万組の場合は後者のようだ。暴対法を始めとする厳しい取り締まりの結果、衰退の一途をたどっている暴力団に代わって、アンダーグラウンドで力を持ち始めているのが半グレだ。岸原のように半グレに対していい顔をしないヤクザは少なくない。

「こいつがつるんでる半グレも、いろんな悪事に手ぇ出してるみたいだぜ。詐欺だの違法風俗だのと、節操のねえ連中だ。その事業の中のひとつに、あんたの娘がひっかかっちまった、ってワケだ」

という拷問師の言葉に、怜音は顔をしかめた。俺、そんなことまで喋っちまったのか。まずいことになった、と顔面蒼白《がんめんそうはく》になっている怜音に構うことなく、拷問師の男は報告を続ける。

「その半グレだが、リーダー格の名前は高山《たかやま》っていうらしい。『フェニックス・グループ』って会社の代表だ。いろんな事業に手を出してるみたいで、福岡市内に数軒の高級バーを経営している。これが店の名前のリストだ」

と、拷問師はメモ紙を岸原に渡した。

「連中の手口はこうだ。まず、ホスト崩れやら暇してる学生やら、若い男を金で雇う。そいつらに女をナンパさせて口説かせるんだ。そうやって打ち解けた女を、今度はフェニックス・グループが経営しているバーに連れてこさせる。そこで、強い酒を飲ませて女を泥酔させて、あとから法外な値段を請求する。数十万、酷《ひど》いときは数百万って額だ」

怜音が苦痛に耐えかねて漏洩《ろうえい》させてしまった情報に、その場にいたヤクザたちは真剣な顔で耳を傾けていた。

「まあ、ここまではただのぼったくりバーの手口なんだが、連中の本当の狙いはここからだ」

拷問師が話を続ける。

「当然、女は身に覚えのない飲み代を拒否するが、奴らは警察に通報するだの親と話をさせろだのと脅し、女の恐怖と不安を煽る。数十万数百万なんて、若い女がすぐに支払えるような額じゃない。金の工面に頭を悩ませているところで、提案してやるんだ。『いい仕事があるから紹介してやる。一日五万は稼げるぞ』ってな」

岸原が口を開く。「……風俗か」

「そう」拷問師が頷いた。「高級バーで借金を抱えさせた女を、今度は違法風俗店で働かせるんだ。ところが、実はこの風俗も半グレが経営する店のひとつで、格安のバック率で女をこき使おうって魂胆なんだよ。ナンパした男は、女ひとりにつき紹介料として十万の報酬をもらえるらしい。割のいいバイトだよな」

「そのせいで、代わりに俺たちの店が割を食ってるがな」

と、岸原は忌々しげに言った。

拷問師の話はすべて事実だ。怜音は一連の出来事を反芻した。

フェニックス・グループの代表である高山は、地元の不良グループ時代の先輩だった。中洲で久々に再会した日、「女を口説いて店に連れてくるバイトをしないか」と誘われたのだ。いい副業になると思った。ホストとしてくすぶっていた自分にとってみれば、心を惹《ひ》かれる話だった。

微塵《みじん》も迷うことなく、怜音はその打診を受けた。職業柄、女と接する機会には恵まれている。甘い言葉を囁《ささや》いて連れ出すことなど簡単だ。それ以降、ホストクラブに来た客とアフターに行くときも、店の外で会うときも、グループの系列店の高級バーに連れて行った。泥酔させ、女を嵌《は》めて金を騙《だま》し取《と》るために。

今回も、ただ同じことをしただけだ。たまたま街で見かけた岸原愛梨という女子大生に声をかけ、連絡先を交換し、何度かデートに行った。ある程度仲良くなったところで、いつもの手筈《てはず》通り、高山の経営するバーに連れて行った。そして、潰れるまで酒を飲ませた。店から報酬を受け取り、泥酔した愛梨を残して退散。もう二度と会うことはない。そう思っていた。

ところが、借金を抱えて風俗堕《お》ちするはずだった愛梨から、翌日になって連絡があった。

『レオくん、どこにいるの？　うちのパパが話したいって』

後日、怜音は知った。ぼったくり店の飲食代、計四十三万円を請求されても、愛梨は涼しい顔でカードを切っていたということと、彼女のバックには怖いパパがついているということを。

まさか、自分が引っかけた女が、ヤクザの娘だったなんて。

これはまずいことになった、と怜音は焦った。身の危険を感じて行方をくらませたが、逆効果だった。愛娘に「彼氏と連絡が取れなくなった」と相談された父親は、娘が悪い男に弄ばれたのだと思い、組を挙げて怜音を探した。

そしてその結果、怜音はこうして捕まり、すべての悪事を暴かれることになってしまった、というわけだ。

「……俺の娘も、こいつらにぼったくられて、危うく風俗に売り飛ばされるところだった、ってわけか」

岸原がドスの利いた声で言った。鬼のような形相だ。その憤りが手に取るようにわかる。

岸原はメモ紙を部下に手渡し、「この店全部調べてこい」と命じた。数人の黒服が頷き、部屋を出ていく。

「この件に関わった奴は、全員殺してやる」

という岸原の言葉に、怜音は心の中で「ひっ」と悲鳴をあげた。

知らなかったのだ。ヤクザの娘だと知っていたら、手を出してはいなかった。だが、そんな弁解が通用するはずもない。これからのことを考えると、絶望ばかりが頭を埋め尽くす。俺はいったい、どうなってしまうんだろうか。コンクリートに詰められ、博多湾にでも沈められるのだろうか。

恐怖に身を震わせていると、

「よう、目が覚めたか」

岸原が怜音に声をかけた。血も涙もないような目でこちらを見下ろしている。

すみませんでした、と怜音は声を張りあげた。とにかく、今は謝るしかない。それ以外に手はない。

「知ってることは、すべて喋りました……助けてください、命だけは……」

口の中が切れていて、うまく喋れない。口調は舌足らずで、声も掠《かす》れている。それでも、ひたすら訴えかけた。

「すみません、すみません、二度と娘さんには近付きません」

岸原は鼻で笑った。

「今すぐテメェを殺したいところだが、生憎《あいにく》、娘に泣いて頼まれちまったんだ。『お願いだから、レオくんを殺さないで』ってな。お前が生きていられるのは、うちの娘のおかげだ。感謝しろよ」

そう言うと、岸原は小さな黒い塊を取り出した。

「これ、なんだかわかるか？　ＩＣチップだよ。ほら、ペットが迷子になったときに居場所がわかるように、首に埋め込む、アレだ。今からこれを、お前の体に埋め込んでやる」

「えっ」

予想外の展開に頭がついていかず、怜音は呆《ほう》けた顔になった。

「お前には、娘からぼったくった分だけ働いてもらうからな。逃げても無駄だ。このチップで居場所を突き止めて、必ず捕まえてやる」

岸原がにやりと笑う。その背後で、拷問師がメスを構えていた。

「今日からお前は、うちの組のペットだ」

ヤクザに押さえつけられながら、怜音は嘆いた。

——こんなはずじゃなかったのに。

俺はただ、金が稼ぎたかっただけなのに。どうしてこんなことになってしまったのだろうか。強い後悔を覚えた瞬間、銀の刃が体を貫き、怜音は激痛のあまり悲鳴をあげた。せめて麻酔をしてくれ、と思った。

朝一番、部長に「今日はこの書類を全部処分しといて」と声をかけられた。数百枚にも及ぶ紙の束を渡されて内心うんざりしてしまう。この会社の——特にこの部署における機密書類の処分法は独特で、シュレッダーにかけるなんて生ぬるい。備品倉庫に閉じこもり、紙を洗剤入りの水に浸《ひた》し、一枚一枚丁寧にふやかさなければならないのだ。下手したら、書類の処分だけで一日を終えることも、今日みたいに残業までしなければならないこともある。他の先輩社員たちはとっくに帰宅しているというのに、五十嵐飛雄真《ひゆうま》は未《いま》だに備品倉庫の中にいた。

面倒だが、雑用は新人である自分の仕事である。会社にひとり残り、飛雄真はひたすらバケツの中の書類を揉《も》み続けた。

書類の内容は様々だ。セールストークのマニュアルだったり、顧客名簿だったりと、どの紙にも社外秘情報が載っている。

ふと、その中の一枚が、目に留まった。

履歴書だった。

名前は江口順平。先輩社員の履歴書だ。

江口先輩は、数日前から出社していなかった。いったいどうしたのだろう、と飛雄真も不思議に思っていたところだ。履歴書を処分されるということは、会社を辞めてしまったのだろうか。

首を傾《かし》げながら、飛雄真は部屋を出た。尿意を催したため、作業を中断して便所へと向かう。

地下一階のフロア。備品倉庫を出て、しばらく通路を歩いていたところで、不意に話し声が聞こえてきた。まだ誰か残業しているらしい。トイレの向かいにある部長室の前で足を止め、飛雄真は耳をそばだてた。

「――大丈夫なのか、そんなことをして」

後藤部長の声だ。

会議中だろうか、と思った。部長たちは、たまにこの部屋の中で話し合いをすることがある。

いつものことだと気に留めず、部屋の前を通り過ぎようとしたところ、

「そんなに安易に殺してると、さすがに警察に嗅ぎ付けられるんじゃ」

思いもしない物騒な言葉に、飛雄真は再び足を止めてしまった。えっ、と声をあげそうになり、慌てて口を塞ぐ。

「仕方ないだろう。あの男、ここへきてヒヨりやがったんだから。警察にタレ込む前に消さないと、後々厄介なことになる」

と答えたのは、聞き覚えのある声だった。代表と呼ばれている男だ。滅多に会社に

は来ないが、たまに部長室を訪れる姿を目にすることがある。

「こんなことじゃ、また人が足りなくなるぞ」

「問題ない。来週から新しい社員が入ってくる」

「それで、あいつは？」

「サリムが処理した」

と、代表は小声で答えた。

「今頃は油山の中に埋まってる」

「いくらなんでも、山に埋めるのは杜撰《ずさん》すぎるんじゃないか？」

「まあ、たしかにな」

「専門の死体処理業者に依頼しておくか」

居ても立っても居られなくなり、飛雄真は急いで踵を返した。

――とんでもないことを聞いてしまった。

心臓がどくどくと脈打っている。心を落ち着けようと、一度、倉庫へと戻った。空調の利いた室内にいるにも拘わらず、滝のような汗が流れていく。

――さっきの会話、マジかよ。

信じられなかった。

だが、これではっきりとわかった。この部署は、犯罪に手を染めている。

おかしな会社だということは、薄々気付いていた。たとえば、業務マニュアルのレジュメに書かれている内容。ちらりと見えたトークスクリプトに『あなたのクレジットカードが不正利用されています』だの『マイナンバーを使ったお得な節税法をお教えします』だのという文言が並んでいるのだ。まるで詐欺みたいだな、と笑い飛ばしながら紙を処分していたが、まさか、本当に詐欺だったとは。

不可解な点は他にもあった。この部署に一度配属されると、まずは新人研修として住み込みで働かなければならない。社員寮とは名ばかりの狭い部屋の中には、新入社員のための安っぽい二段ベッドが並んでいる。外出だって許されていないし、携帯端末も没収され、外部と連絡は一切取ってはいけない決まりになっている。まるで軍隊だ。

建物の外に出るためには、地下一階からエレベーターに乗り、一階のフロアに上がるしかないのだが、エレベーターを動かすためにはカードキーが必要だ。代表や部長と、研修を終えて一人前だと認められた先輩という、限られた者だけがその鍵を持つことを許されている。

働かない頭をなんとか動かし、飛雄真は盗み聞きした話を整理しようとした。代表たちが話し合っていた、あの内容。殺し、警察、タレ込み、死体処理——明らかに犯罪の臭いがする。

自分も正直なところ、これまで褒められた人生を送ってはこなかった。絵に描いたような不良少年で、警察沙汰もしょっちゅうだった。犯罪を肯定するわけではないが、友人・知人の中には詐欺で生計を立てている者もいる。だから、ある程度の罪に関しては目を瞑《つぶ》る気でいた。

だが、殺人となれば話は別だ。

上司たちは人を殺している。まさか、と飛雄真ははっとした。突然会社に来なくなった先輩、捨てられた履歴書、先刻の物騒な会話——すべてがひとつの答えに繋がる。

——もしかしたら、江口先輩は殺されたのではないだろうか。この会社に、あの上司たちによって。

そうだ、そうに違いない。この部署が詐欺に加担していることを、江口先輩は告発しようとしていたのだろう。だが、彼が警察にタレ込もうとしていることを、あの人たちが嗅ぎ付けてしまった。そして、口封じのために殺したのだ。そうとしか考えられない。

さすがに殺人は見過ごせない。警察に通報すべきだと思った。だが、慎重に事を運ばなければ、江口先輩の二の舞になってしまう。会社に気付かれたら一巻の終わりだ。山に埋められる破目になる。

「――五十嵐くん」

不意に名前を呼ばれ、飛雄真は弾《はじ》かれたように顔を上げた。「は、はい!」

見れば、備品倉庫のドアの隙間から、後藤部長が顔を覗かせている。

驚いた。心臓が止まるかと思った。

「終わった?」

「あ、いえ。まだですけど」

「今日はもう休んでいいよ。続きは明日やって」

「はい」

「お疲れさま」

「はい、お疲れさまです」

飛雄真は頭を下げた。冷や汗が止まらない。

廊下に出ると、代表と部長がエレベーターに乗り込み、去っていく姿が見えた。ひとり会社に残され、飛雄真はふと考えた。行動するなら、今だ。だが、外部の人間と通話できないよう、スマートフォンは没収されている。おそらく、部長室の中にあるはずだ。

誰もいないフロアをきょろきょろと見渡し、飛雄真は部長室に忍び込んだ。小さな個室にはデスクとパソコン、二対のソファが置かれている。机の引き出しを上から順に開けていくと、三番目の中に飛雄真のスマートフォンを発見した。

あった、よかった。これで外部と連絡が取れる。飛雄真は嬉々《きき》として端末の電源を入れた。充電の残りは30パーセント。まだ十分に使える。

さっそく電話をかけようとしたところで、飛雄真は愕然《がくぜん》とした。

――圏外だ。

電話もメールもできない。どうして？　地下だからか？　このフロアには電波が届いていないのだろうか。これでは警察に通報できないじゃないか。

仕方なく、飛雄真は端末を元の位置に戻した。ここは諦めるしかなさそうだ。なにか別の手を考えなければ。

頭を悩ませながら、飛雄真は部長室を出た。

3回表

いつもこの時間帯に野球中継を観ながら騒いでいる同居人が入院中のため、馬場探偵事務所はしずかなものだった。チャンネルを独占されることもなく、好きなドラマもバラエティも見放題だ。

普段より少しだけ広く感じる部屋の中で、林はニュース番組を眺めていた。なんでも新内閣とやらが発足したらしく、今日はどこの局もその話題で持ち切りだ。政治のことはよくわからないが大変そうだな、なんてことをぼんやりと考えながら寛《くつろ》いでいると、源造から連絡があった。「仕事を頼みたい」とのことだったので、ついでにラーメンでも食べてくるか、と林は事務所を出た。

中洲の那珂川《なかがわ》沿いに並ぶ屋台のひとつ、【源《げん》ちゃん】と書かれた赤い暖簾《のれん》をくぐると、「おう、いらっしゃい」と源造が笑顔で出迎えた。

店は相変わらず閑散としている。客は林の他にひとりのみ。見覚えのある男が目に留まった。

「なんだ、お前も来てたのか」

その唯一の客に、林は声をかけた。

コの字型のカウンターの端に大和が座っている。スリ師兼ホストの男はラーメンを啜《すす》りながら、「今日はよく会うな」と眉をひそめた。

林もとりあえず同じものを頼んだ。ほんの数分で注文の品が出てくる。こってりとした豚骨味のスープの中に細い麺が沈んでいる。割り箸を手に取り、目の前に置かれた器に向かって両手を合わせた。「いただきます」

源造が眉を下げ、口を開いた。

「悪かねえ、わざわざ来てもらって」

「気にすんな。ちょうど飯食いたかったし」

ラーメンを頬張りながら、

「それで、今回の標的は？」

林はさっそく本題に入った。

源造は殺しの仲介屋だ。殺し屋である林にいつも仕事を振ってくれている。

「この男ばい」

と、源造が一枚の写真をラーメンの横に置いた。まるで証明写真のように、男の顔が真正面から撮られたものだった。よく見れば、外国人のようだ。顔立ちからしてアジア系だろうか。

「誰、こいつ」

「名前はサリム。バングラデシュ人で、歳《とし》は二十八歳。うちで雇っとった殺し屋ばい」

源造によると、サリムは元々、ごく普通の留学生だったらしい。農業技術を学ぶため、十年ほど前に福岡へとやってきたが、金欲しさにアングラな世界へと足を突っ込んでしまい、いつの間にやら仲介屋から暗殺の仕事を請け負うような生活に堕ちていた、という話だ。

「真面目で、仕事ぶりも申し分なか。優秀な殺し屋やったっちゃけど、ひとつ問題があってねえ」

と言ったところで、源造の声が低くなる。

「この男、どうも、直引《じかび》きしよるらしいっちゃん」

「……直引き?」

林は首を捻った。聞き慣れない単語だった。

「店を通さずに客と会う、ってことだよ」

　答えたのは、大和だった。

　それまで無言でラーメンを啜っていた男が、急に口をはさんできた。「ホストでもよくある話だ」

「そうなのか？」

「オレらホストは歩合制だからな。売上のうち、店によって決められたパーセンテージをバックとして受け取ってる。だから、客と店外で会って、直接金をもらう方が稼げるんだよ。……そういや、うちの店にも直引きしてる奴がいるって、オーナーが怒ってたな」

「殺し屋も同じよ。マージンばケチっちゃろうって魂胆ばい。どっちが持ち掛けたんかは知らんばってん、こすかろうがぁ」

　ある人物から暗殺の依頼を受けた源造は、仲介屋としてサリムを紹介した。サリムは依頼をこなし、手数料を差し引いた額の報酬をもらった。ところが、それ以降は源造を通さず、サリムはその依頼人と直接やり取りをするようになった、ということらしい。

　サリムの今の雇い主が何者かは、調べがつかなかったそうだ。というのも、源造に依頼を寄こしたのはただの代理人で、本物の依頼人とは面識のない男だったのだという。わざわざ代理を立てるとは、かなり用心深い人物なのだろう。

勝手に商売されたら困るとよねえ、と源造は眉をひそめる。

「俺ら仲介屋には、殺し屋を守る義務がある。どんな業界でも、報酬で揉めることがあるやろうが。余計なトラブルにならんごつ、俺らが依頼人にもしっかり目を光らせとるわけよ。もちろん、店のルールを守らんで手数料を払わんことは許せんばってん、それ以上に、俺の目の届かんところでやり取りされるとが困るったい。何のために仲介屋がおるのか、わかっとらんっちゃろうねえ」

「なるほど、俺たちが安心して人殺しに専念できるのは、あんたら仲介屋のおかげってわけか」林は写真を指で摘まみ、ひらひらと振った。「――そんで、見せしめにこいつを殺せって？」

するど、源造は苦笑した。

「本来ならそうしたいところばってん、まあ、こいつとは長い付き合いになるけんねえ。ちょっとだけ大目に見ちゃろうと思って」

「殺しはするなと？」

「そういうこと」

なんだかんだ言って、この男は情け深いな、と思う。

直引きをしているサリムにお仕置きし、依頼人に罰金を払わせる、というのが源造からの依頼というわけだ。「了解、しっかり懲らしめといてやる」と答え、林は写真をポケットにしまった。

そのとき、

「源さん」と、大和が声をあげた。腕時計を一瞥し、席を立つ。「オレ、そろそろ仕事なんで。ごちそうさんです」

「もう行くとね。ホストも忙しかねえ」

「万年ヘルプっすけどね」大和は鼻で笑った。「貧乏暇なしっすよ」

「俺が客でも、お前は指名しないな」

林がからかうと、大和は「うっせ」と口を尖らせた。

「頑張って稼いできんしゃい」

うっす、と大和が頭を下げる。ラーメン代を手渡し、暖簾をくぐった。その直後、すれ違いざまに外国人観光客から財布を掏《す》ったのを、林は見逃さなかった。大和は中から札だけを抜き取り、残りは道端に放り捨てている。

その後ろ姿を見つめながら、林は「仕事熱心な奴だな」と嫌味を吐いた。

『お久しぶりです、千尋《ちひろ》坊ちゃん』

突然の昔馴染《むかしなじ》みからの電話に、榎田はむっとした。露骨に不快そうな声色で相手の名前を呟く。「……八木《やぎ》か」

中洲のゲイツビルにあるカフェの中で、榎田は端のテーブル席に座り、パソコンを広げていた。片手でキーボードを叩きながら、電話の相手に声をかける。

「何の用？」

『用がなければ電話してはいけませんか？』

急《せ》かすような口調で尋ねても、相手の男はのらりくらりと躱《かわ》してくる。それがまた腹立たしい。実家に勤める使用人の悟りきったような顔が目に浮かび、榎田は眉間に皺を寄せた。

「忙しいんだよね、ボク。これからクライアントと会う予定だし。用があるならさっさと言って」

『いやはや、久しぶりに坊ちゃんのお声が聞きたくなりましてね』

「切るよ」

『では、一件だけ。ニュースはご覧になりましたか？』

何の、と訊くまでもなかった。

パソコンの画面に視線を向ける。ウェブサイトのトップページには今日のニュースの見出しがずらりと並んでいる。その中の『新内閣発足　松田《まつだ》和夫《かずお》氏が初入閣』という文字が真っ先に目に留まった。

松田和夫――政治家で、榎田の実の父親だ。

「法務大臣に就任したんだって？　よかったじゃん。せいぜい頑張って、って伝えといて」

『承知しました。坊ちゃんが心から祝福していらしたとお伝えいたします』

「ますます耳が遠くなったね。補聴器付けた方がいいんじゃない？」

『この私めの体を心配してくださるとは、なんとお優しい』

どこまでもふざけたジジイだな、と榎田はうんざりする。

『ときに坊ちゃん』

不意に、八木の声色が変わった。ようやく本題に入るようだ。

『そろそろ帰ってくる気はございませんか？』

榎田は鼻で笑った。「そこまで言うなら、年末に帰省してあげようか？　一緒に紅白でも観ようよ」

『いえ、そうではなく』冗談を飛ばす榎田とは対照的に、八木の声のトーンは真剣だった。『こっちに戻ってこないか、という意味です』

予想もしなかった言葉に、「え」と目を丸くする。

「……どういうこと」

『旦那様が大臣に就任されることで、今まで以上に不都合な事態が出てくるかと存じます。旦那様のお仕事を円滑に進めるためにも、坊ちゃんのお力をお借りできればと思いまして』

回りくどい言い方だったが、魂胆はわかった。

「……なるほどねえ。このボクを、法務大臣直属のホワイトハッカーとしてスカウトしようってワケか」

『悪い話ではないでしょう？』

「どうかな」

考えとくよ、と返し、榎田は電話を切り上げた。クライアントが現れたからだ。背広姿の重松が、コーヒー片手にこちらへ向かってくる。「悪い、遅くなった」と詫《わ》びながら、榎田の向かい側に腰を下ろした。

「調べてほしいことがあるんだ」

と、重松はいくつかの写真をテーブルの上に並べていく。どれも若い男が写っている。

「最近、二十代の若者が立て続けに行方不明になっているらしい。事件性が高くないから、捜査には乗り出せていないんだがな」

と、重松が事情を説明した。

三人の若者の顔写真を眺めながら、榎田は尋ねる。「この三人、いつから行方不明になってるの？」

「捜索願が出されたのは、三か月前から先週の間だな。失踪した順に、右から宮脇恵《みやわきけい》一《いち》、中津《なかつ》彰《あきら》、江口順平だ」

三人とも真面目そうな容姿をしていた。ふらりと行方をくらます根無し草タイプには見えない。

「宮脇恵一は失踪する直前、『住み込みで仕事をすることになった』と友人に話していたらしい。中津彰は『しばらく泊まり込みで会社の研修に行ってくる』と言い残して家を出たきり、未だに帰ってきていない。江口順平も、家族が再三連絡を取ろうとしたが、やはり繋がらないそうだ。とはいえ、全員が金に困っていたらしいから、夜逃げした可能性もある」

「たしかに、それじゃ警察が動くわけにはいかないね」

「ああ」頷き、重松は表情を曇らせた。「だが、なんだか嫌な予感がするんだよ。もしかしたら、大きな事件に繋がっているかもしれない。だから念のため、お前に調べてもらおうと思ってな。なにか手がかりを見つけたら知らせてくれ。これが行方不明者についての詳しい資料だ」

と言って、重松が資料の束を手渡す。受け取り、榎田は「了解」と答えた。いろいろと忙しくなりそうだ。

重松と別れてから、榎田の足は自然と中洲の中心部へと向かっていた。仕事が重なっている上に、考えなければならないこともある。八木の言葉を思い返し、榎田はため息をついた。正直なところ、目を逸《そ》らしたい問題だ。酒でも飲んで忘れたい気分だった。

「――とりあえず、状況を整理するわね」

中洲にあるバー【Babylon】にて、ボックス席に腰を下ろしながら店主のジローが提案した。小学生のミサキがテーブルの上に資料を広げていく。

「ここ数か月間に寄せられた依頼の中で、気になるものを選んでみたんだけど」

資料にざっと目を通し、マルティネスが呟く。「……詐欺か」

「そう。この人たちみんな、詐欺でお金を盗られてるの。つまり、復讐屋《う ち》への依頼は、詐欺グループから金を取り返すこと」

「被害額は？」

「だいたい、ひとり当たり二十万から五十万よ」

というジローの言葉に、ミサキがぼそりと付け加える。「泣き寝入りしそうになる額だね」

「一回成功して最高で五十万か。かなりの数をこなさないと稼げねえな。それなりの人員を雇ってんだろう」

電話詐欺の場合、相手が騙《だま》されてくれない場合も、騙されたフリをして警察に通報する場合もある。一日何百件と電話をかけ続け、一人二人引っかかってくれたらマシな方だろう。

「手口が似通っているから、同じ犯人グループの仕業である可能性が高いわ」

マイナンバーを使ったお得な節税の方法がありますとか、あなたのクレジットカードが使われていますとか、最初の摑みは様々だが、本筋はどれも同じだ。被害者を口車に乗せ、金を振り込ませ、雇ったバイトを使って金を引き出させる。典型的なニセ電話詐欺である。

「口座を調べりゃ一発だろ」

というマルティネスの言葉に、ジローが首を振る。

「それが、銀行口座もバイトを雇って作らせたものらしくて、黒幕にはたどり着けないのよ」

「なるほど。いくら調べたところで、結局はトカゲの尻尾切りってわけか」

主犯格に接触するためには、いったいどうすればいいのだろうか。三人で頭を悩ませていたところ、

「こういう手はどうかしら？」と、ジローが思いつき、提案した。「まず、騙されたフリをするのよ。『金を渡したいけど、機械の操作が苦手だから振り込みじゃなくて現金で渡したい』って」

「そんなことしたって、代理のバイトが来るだけじゃない？」と、ミサキが小首を傾

げた。

「そうよ」ジローが頷く。「でも、お金は黒幕に渡るでしょう？　札束の中に、発信機を仕込んでおくの」

そうすれば、必然的に金が黒幕の元まで案内してくれるはずだ。

だが、この作戦にはひとつ穴がある。

「それはいいとして、俺たちはどうやって騙されりゃいいんだ？」

というマルティネスの疑問に、

「そこが問題なのよねえ」と、ジローはため息をついた。

そもそも、詐欺グループが都合よく自分たちに詐欺の電話をかけてきてくれるはずがない。それに万が一、詐欺の電話がかかってきたとしても、その相手が自分たちの標的のグループであるかどうかは保証できない。今のご時世、こんなことをやっている連中なんて腐るほどいるのだ。

標的を探し出すのは一筋縄ではいかないだろう。途方に暮れたくなるところだが、あの男なら何とかしてくれるかもしれない。困ったときの情報屋。「こういうときは、うちの天才リードオフマンの助けを借りるしかないわね」と、ジローは片目を瞑った。

そのとき、店のドアが開いた。

現れたのは、榎田だった。噂をすれば。ジローは声を弾ませ、ソファ席から腰を上げる。「あらぁ、榎田ちゃんじゃない」

榎田は「やあ」と片手を上げ、カウンターの端の席に腰を下ろした。

「強いお酒もらえる？」

「やだ、どうしたの。なにかあった？」

珍しいオーダーだ。カウンターから身を乗り出すと、榎田は「ちょっとね」と肩をすくめた。

「まあ、そういう日もあるわよね。気が済むまで、ゆっくりしてってちょうだい」

誰にだって一人で酒を飲みたいときはあるだろう。詮索は野暮だ。

テキーラのショットを一気飲みした情報屋に、

「そうそう、榎田ちゃん」

と、ジローは酒をつぎ足しながら声をかける。

「実はアタシたち、詐欺グループについて調べてるの。ひとつ頼まれてくれないかしら」

事情を掻《か》い摘《つま》んで説明すると、榎田は「いいけど」と頷いた。「今ちょっと立て込んでるから、手が空いたら調べてみるよ」

「ありがと、助かるわ。お願いね」

榎田に資料を手渡した次の瞬間、再び店のドアが開いた。

「こんばんはーっ！」

入ってきたのは、斉藤だった。

「おやおや、皆さんお揃《そろ》いで！」

ようすがおかしい。スキップでここまで来たのではないかと思うほどの浮かれっぷりだ。どこかで一杯ひっかけてきたのか、やや顔も赤い。

「やだ、どうしたの」ご機嫌じゃないの、とジローは目を見張った。「なにかあった？」

斉藤のテンションの高さの原因は、どうやら酒だけのせいではないようだ。カウンターのど真ん中の席に座ると、

「俺、仕事決まったんですよぉ！」

と、斉藤は声を弾ませた。

「あら、そうなの？」

「そうなんですよ。今日、家に採用通知が届いてて」

嬉《うれ》しそうに話す斉藤に、ジローも満面の笑みを返した。

「おめでとう、よかったじゃない」

手を叩いて祝福する。

「はい。しかも、結構お給料がいいんですよぉ」

へへへ、と斉藤が笑みをこぼす。締まりのない顔に、余程嬉しかったのねえ、とジローは微笑《ほほえ》ましい気分になった。

マルティネスとミサキもカウンターに集まってきた。斉藤を取り囲み、揃って囃《はや》し立《た》てる。

「おー、ついに決まったのか。よかったな」

「どうせまた怪しい会社なんじゃない？」

「縁起でもないこと言わないの！」斉藤は青ざめながら、ミサキに向かって声を張った。「今度は健全な会社です！　ちゃんと調べましたから！」

そして、鞄《かばん》の中からなにかを取り出した。

「じゃーん！　見てください、社員証！」

首から下げる紐《ひも》が付いているそれを、斉藤は得意げに見せびらかしている。透明なケースの中には斉藤の名前と会社名、顔写真が載った名札が入っていた。

「そうそう、明日から泊まり込みで研修なので、しばらく野球の練習には行けないと思います」

　という斉藤の言葉に、しずかに酒を飲んでいた榎田が、がばっと勢いよく顔を上げた。

「え？」

「えっ？」

「今、なんて言った？」

「しばらく野球の練習には――」

「その前」

「泊まり込みで研修、ですけど……それが、なにか？」

　榎田は質問に答えなかった。その代わり、斉藤に向かって掌《てのひら》を差し出す。「ボクにも見せてよ、その社員証」

　離れた席に座る榎田に向かって、斉藤は社員証を投げた。さすがのコントロールだった。それをキャッチした榎田が、隅々までジロジロと眺め、「へえ」と笑う。

「な、なんですか」

「いや、別に」

「あ、もしかして、嘘だと思ってます？　本当ですよ。本当に採用されたんですからね」

「よかったじゃん、おめでとう」

心のこもってなさそうなエールを送り、榎田が社員証を投げ返す。斉藤はそれを掴み取り、鞄の中にしまった。

「まあ、がんばってねー」

と、斉藤の肩を叩き、榎田は店を出ていった。

ジローは引き留めなかった。なにがあったのかは知らないが、榎田はしずかに飲みたい気分だったのだろう。そっとしておいてあげるべきだと思った。どんちゃん騒ぎに無理に付き合わせることはない。

「本当におめでとう、斉藤ちゃん。今夜はお祝いしましょう」

店の奢りよ、というジローの一言に、斉藤は照れ笑いを浮かべた。「じゃあ、お言葉に甘えて、もう一杯だけ」

3回裏

中洲の外れにある雑居ビル――その一階の扉には、【club.LOCA】という看板が掲げられている。ここには元々ラウンジの店舗が入っていたが、数か月前に廃業したようで、今はフェニックス・グループの所有テナントとなっている。特に商売をしているわけではなく、ただ事務所代わりに利用していた。

いちばん広いボックス席にいつものように集まると、

「今週の稼ぎはいくらになりそうだ？」

整髪料で固めた髪の毛を指で崩しながら、高山は尋ねた。ネクタイを緩め、シャツのボタンを外せば、首元に派手なタトゥーがちらつく。二十歳そこそこの頃に彫ったものだ。

「ざっと見積もって、五百万ってとこか」同じくスーツ姿で、眼鏡をかけた後藤という男が、電卓を弾きながら答えた。「引き子が三人逮捕されたのは痛かったな」

「ジジババで稼げない分は、女で稼げばいい」

特殊詐欺以外にも金蔓《かねづる》はある。女を泥酔させて不当な飲食代を請求するぼったくりバーや、未成年を紛れ込ませて本番行為を強制している違法風俗店の経営は順調だった。

「そうそう」と頷いたのは、屋島《やしま》という男だ。坊主頭に近い短髪で、いかつい顔つきをしている。「女は金になる」

高山と後藤、屋島の三人は、元々は同じ高校に通う同級生だった。当時から素行不良の問題児として校内でも有名で、授業にはほとんど出席せず、三人ともいつの間にか退学していた。在学中から【不死鳥《フェニックス》】という博多区を縄張りとしている暴走族に所属し、他のチームとの抗争や警察との追いかけっこに明け暮れ、裏社会の人脈を広げていった。チームを抜けた後は半グレとなり、こうして軽犯罪に手を染め、荒稼ぎしている。

今の高山には、いくつもの顔があった。青年実業家、飲食店や風俗店のオーナー、企業グループの代表。グレーゾーンなものから完全にアウトなものまで、旧知の仲である後藤と屋島を巻き込み、手広く事業を展開している。頭を金髪に染めて特攻服に身を包んでいた時代を思えば、きっちりとした七三分けのサラリーマンに変身している自分の姿は新鮮だ。だが、いくら見た目は変わっても、反社会的な中身は依然として変わることはなかった。

屋島が業務用冷蔵庫の中からシャンパンのボトルを取り出した。栓を抜き、「乾杯しようぜ」と三つのグラスに注いでいく。

シャンパングラスを手に取った、そのときだった。不意に携帯端末が振動し、高山は一度グラスを置いた。画面を確認すると、雇っているバイトの一人からの着信だった。

「怜音か、どうした」

この怜音という男は、高山たちが属していた暴走族の後輩だ。現在は【Adams】というホストクラブで働いているが、最近は店に出勤せず、その代わりに高山たちの商売に加担していた。

電話に出ると、

『高山さん、大変なことになった』

焦りの滲《にじ》む声色が返ってきた。ただ事じゃなさそうだと思い、スピーカーに切り替えて他の二人にも通話を聞かせる。

「なにがあった？」

『乃万組の連中に、俺らのやってることがバレちまった』

「あ？」と、真っ先に苛立《いらだ》った声をあげたのは、屋島だ。この男は昔から血の気が多い。「おい、どういうことだ、コラ」

『あの愛梨とかいう女、乃万組の若頭の娘だったんだよ！』

その一言に、高山はため息をついた。後藤は無言で顔をしかめ、屋島は「なんだと」と声を荒らげている。

『それで、乃万組に捕まっちまって、拷問されて、全部吐かされた』

よりにもよって、とんでもない地雷に手を出してくれたものだ。怜音の引きの悪さには苛立ちと同時に同情を抱いてしまう。

携帯端末を取り上げ、屋島が怒鳴り散らす。「なんてことしてくれたんだよ、テメェはよぉ！」

『俺だって大変だったんだよ！』

「今すぐここへ来て土下座しやがれ！」

という屋島の怒声に、

『……それはできねえ』

と、怜音はトーンを落とした。

「はぁ？　なに言ってんだテメェ、早く来い！」

『体にＩＣチップを埋め込まれちまった。そっちに行けば、乃万組にあんたらの居場所がバレちまう』

「絶対来るんじゃねえぞ馬鹿野郎！」

騒ぎ立てる屋島を睨《にら》みつけ、高山は「黙れ」と一喝した。

「貸せ」

屋島から端末を取り返すと、淡々とした口調で問《と》い質《ただ》す。

「怜音、お前、どこまで喋ったんだ？」

『女を連れて行くバーの名前と、場所。今泉《いまいずみ》と大名《だいみよう》と中洲の三店舗だ』

「他には？」

『あんたらの名前』

「それは問題ない。どうせ偽名だ」

『会社の名前も』

「それも問題ない」

フェニックス・グループの表向きの代表者は、自分ではない。万が一のときのために身代わりを立てている。いくら会社を調べたところで、自分の身元は出てこないはずだ。

「事が落ち着くまでは、こっちの事業からは手を引いた方がよさそうだな」

高山が様々な悪事に手を出しているのは、こういうときのためだった。ひとつが潰れても、他で稼げばいい。

「屋島、この三店舗は臨時休業にしとけ。お前も店には近付くなよ」

ぼったくりで稼いでいる高級バーの店長は全員雇われの半グレだが、見回りは屋島に任せていた。

屋島が渋々頷く。「ああ、わかったよ」

今頃は乃万組が隅々まで嗅ぎ回っていることだろう。テナント契約にも間にダミー会社を挟んでいるので、連中がどう頑張っても高山たちにたどり着くことは不可能だろうが、念のため用心しておくに越したことはない。店の前で待ち伏せされている可能性もある。迂闊《うかつ》に近付かない方が賢明だ。

『乃万組の若頭、相当キレてたぜ』怜音が言った。『落とし前付けさせてやるって言ってた。あんたらも、見つかったらタダじゃ済まねえよ』

「だろうな」

だが、見つからなければいいだけのこと。

万が一、危険な事態に陥った場合は、身ひとつで逃げればいいのだ。守らなければならない集団も、義理を通さなければいけない上司も、面倒を見なければならない部下もいない。フットワークの軽さこそ、組織に所属しない人間の強みである。

「それで、お前は今なにをしてんだ？」

『乃万組の雑用やらされてる。ぼったくった分は働いて返せってさ』

直後、怜音の声色が変わった。

『実はさ、いい情報があるんだ。金になりそうな話だ。若頭の娘が教えてくれたんだよ』

「なんだ？」

『いくらで買ってくれる？』

という怜音の発言に、「調子乗ってんじゃねえぞ！　誰のせいでこうなったと思ってんだ！」と屋島が憤る。

うるさい、と高山は視線で制した。

『乃万組は今、金塊の密輸に手を出してるらしい。愛梨に「お父さんの金塊を盗んで駆け落ちしよう」って誘われたよ。あんたらがご所望なら、詳しく聞き出しといてやるけど』

「いいだろう」と、高山は頷いた。「金は払う。腕のいい闇医者も探しといてやるから、チップを取り除いてもらえ」

『へへ、交渉成立だな』

また連絡する、と言い残し、怜音は電話を切った。

「……金塊か」

たしかに、金になりそうな話ではある。高山は小さく呟き、気の抜けたシャンパンに口をつけた。

4回表

シャンパン入りましたぁ、とマイクを通した威勢のいい声が店内に響き渡る。奥の卓がやけに賑《にぎ》やかだと思ったら、最近ナンバー入りしたばかりの後輩ホストの太客が来ていた。四十過ぎの女で、噂によると女医らしい。週一のペースでこの店に通い、いつもなにかしらのボトルを数本入れるのが常だった。おまけに、ナンバー入りのお祝いとして、新車のSクラスベンツまで買ってもらったそうだ。景気がよさそうで羨ましい限りである。

だからといって、自分もそうなる努力をしようとは思わなかった。大和がこの店で働いているのは、別に金を荒稼ぎしたいわけでも、女に車を買ってもらいたいわけでも、この世界で天下を取りたいわけでもない。そもそもホストとして稼げるのはほんの一握りの人間だということもわかっているし、なんならスリの仕事の方が収入は上だ。金が欲しければその道一本でやっている。

たかったからだ。
だったらなぜこうして副業をしているのかというと、単にちゃんと働いて報酬を得

ホストクラブ【Adams】は、中洲でそこそこの有名店だ。黒を基調とした内装に青白い照明。大理石の床とテーブル。壁のいたるところにアクアリウムが飾られ、色鮮やかな魚が泳いでいる。ラグジュアリー感とエンターテインメント性を融合させたデザインがどうのこうのと店のオーナーが得意げに語っていたが、正直どうでもよかった。

大音量のシャンパンコールが鳴り響く中、

「大和、指名だぞ」

と、マネージャーに声をかけられた。

「え」大和は驚いた。「オレっすか」

ホスト歴もそこそこ長いので、自分を贔屓《ひいき》にしている客がまったくいないわけでもないが、営業もかけずに指名客が店に来てくれるなんて滅多にないことだ。特に、今日のような平日はお茶を引くことを覚悟していたのだが。

いったい誰だろうか、と訝《いぶか》りながら席へと向かうと、若い客が座っていた。薄いピンク色のワンピースを着た、二十歳そこそこの女。

その顔を見て、大和はさらに驚いた。

「……ま、真澄ちゃん？」

五十嵐真澄——親友の妹である。

「え、なにしてんの、こんなところで」

まさかの人物に、大和はぎょっとした。真澄はホストクラブに遊びにくるようなタイプではない。不良の兄二人とは違い、真面目な性格で、気品のあるお嬢様学校の生徒だった。今は大学生になり、県内屈指の国立大に通っていると、風の便りで聞いている。

大和は隣に腰を下ろしながら、小声で「なんで来たの」と問い詰めた。

「前田先輩に、話があって」

ここで働いてるって聞いてたから、店に行けば会えると思って、と真澄は言い訳するかのように答えた。

「話？」

「はい。お兄ちゃんのことで、相談が」

お兄ちゃんのこと——植物状態の親友の顔が真っ先に頭に浮かび、大和は表情を引き締めた。「……壮真になにかあった？」

すると、真澄は首を左右に振る。

「いえ、飛雄兄ちゃんのことで」

五十嵐家は三兄妹《きょうだい》だ。二十四歳の長男・五十嵐壮真。その一つ年下の次男・五十嵐飛雄真。さらにその一つ下の長女・五十嵐真澄。

高校の後輩だった飛雄真のことは、大和もよく知っている。同じチームの仲間であり、親友の弟だということもあって、当時は目をかけていた。

「飛雄兄ちゃん、最近、真面目に就職活動していたみたいで。先月、『仕事が決まった』って連絡があったんです」

「へえ、あの飛雄真が」

不良盛りだった頃しか知らない大和にとってみれば、真面目に働く彼の姿は想像できなかった。

「でも、それ以降ずっと連絡がなくて……」

真澄は心配そうな表情を浮かべている。

彼女の話によると、ありとあらゆる手段で連絡を取ろうとしたが、飛雄真からの応答は一切なかったらしい。電話をかけても、「電波の届かない場所にあるか端末の電源が入っていない」というアナウンスが聞こえるだけで、繋がらない。メールを送っても返事はない。アプリでメッセージを送信しても、未読のまま。

「仕事で忙しいんじゃないの？」

きっと、就職したばかりで、それどころじゃないのだろう。心配する真澄の気持ちもわかるし、連絡くらい返してやれよという気がしないでもないが、別にありえないことじゃない。

ところが、

「そうじゃないと思います」

と、真澄は断言した。

「お兄ちゃん、毎年私の誕生日に、必ず連絡をくれるんです。おめでとうって。誕生日は先週でした。でも、今年はなにもなかった」

飛雄真が彼女を可愛がっていたことは知っている。美人で出来のいい真澄は、二人の兄にとって自慢の妹だった。

「スマホが使えなかったんじゃない？　壊れたとか、ワケあって解約したとか。それで、今年だけたまたま送れなかったんだよ」

未成年の子どもならまだしも、飛雄真は立派な（立派とはいえない部分もあるが）大人だ。数週間連絡が取れないくらいでそこまで心配しなくても、と思うのだが、兄想《おも》いな妹はそうはいかないようだ。

「先輩」

真澄は頭を下げた。

「兄を探してもらえませんか」

「え」

予想もしなかった頼みに、大和は硬直する。

「お願いします、前田先輩。なんだか嫌な予感がするんです。なにか事件に巻き込まれてるんじゃないか、って。飛雄兄ちゃんは昔から、その、ちょっと危なっかしいところもあったし……」

それを言われると、反論の余地はない。たしかに、飛雄真はやや短絡的で、少し抜けているところがある。昔から余計なことに首を突っ込み、危険な目に遭うことも多々あった。

「先輩なら、見つけられるかもしれません。お願いです、兄を探してください」

真澄が自分を頼ってきた理由はわかる。期待に応えてやりたい気持ちはあるが、首を縦に振るわけにはいかなかった。

「それはできないよ」

ごめんね、と大和は眉を下げる。

「オレ、もう関わるなって言われてるからさ。きみのお母さんに」

――うちの家族に関わらないで。

病院で告げられた言葉が、大和の頭に蘇る。

あの一言は、さすがに堪えた。ずっと胸に突き刺さったままだ。

「そんな」と、真澄は声をあげた。「あの事故があったからですか？　だけど、あれは、前田先輩が悪いんじゃないのに――」

「いや、オレが悪いよ」

真澄の言葉を遮り、大和は頷いた。

オレのせいだ、と呟く。

壮真があんな体になってしまった責任は、自分にある。母親が自分を恨むのは当然だと思う。真澄の力になってやりたいのは山々だが、自分がまるで五十嵐家の疫病神であるかのような気がして、手を差し伸べることが憚《はばか》られた。母親の言う通り、関わらない方がマシに思えた。

とはいえ、このまま放っておくわけにもいかない。真澄は兄を心底心配しているのだ。単独で捜索するなどという危なっかしい真似《まね》をするかもしれない。それだけは避けたかった。

肩を落としている真澄を励ますように、大和は明るい声色で告げる。

「大丈夫、大丈夫。代わりに、知り合いの探偵を紹介するからさ」

人探しは本業に任せるのがいちばんだ。

「親切な人だし、力になってくれると思うよ」

と言ったところで、はっと思い出す。

……そうだ、馬場さん、入院中だった。

となると、依頼はできない。いや、と言い直す。

「あー、ごめん。その人、今ちょっと立て込んでるんだった。代わりに、その探偵の助手に――」

頼んでみる、と言いかけて、また大和は思い出す。

……そういえば、林の奴、さっき屋台に来て源さんから仕事引き受けてたな。今から「人を探してほしい」と頼んだところで、「忙しいから後にしてくれ」と断られてしまう可能性が高い。

他に人探しが得意な奴はいないだろうか、と考えてみたところ、あのキノコ頭のしたり顔が浮かんだ。あいつに頼めば一発で飛雄真の居場所を突き止めてくれるかもしれないが、自分の過去やら交友関係やら、余計なことまで芋づる式に暴かれてしまいかねない。想像し、大和はぞっとした。それだけは勘弁してほしいところだ。

「——わかった」

もう観念するしかなさそうだ。

「飛雄真のこと、探してみるよ。あいつのダチにも声かけとく。だから、真澄ちゃんは心配しないで。あとはオレに任せといて」

という大和の言葉に、真澄は深く頭を下げた。

中洲のクラブは基本、夜の一時までに閉店する決まりになっている。普段なら退勤後は真っ先に帰宅するところなのだが、今夜はやらなければならない用事ができてしまった。飲み卓のヘルプ回りで疲弊した体に鞭《むち》を打ち、先の尖った革靴でネオン街を歩く。酔っ払ったサラリーマンの集団や、仕事帰りのキャバクラ嬢。バーの客引き。タクシーの行列。日付が変わっても、この街はまだまだ賑やかだ。

向かう先は、知り合いが経営する店。中洲のメインストリートを歩いていたところ、ふと、見覚えのある若い男が目に留まった。

「……怜音？」

ちょうどコンビニから出てきたその男に声をかけると、

「あ、大和さん」

と、茶髪頭がこちらを向いた。

怜音は同じ店に勤める後輩ホストだ。ここ最近は無断欠勤が続いているが、夜の業界ではよくあることなので誰も気に留めてはいない。

「どうしたんだよ、その顔」

驚き、つい訊いてしまった。

怜音の顔には青あざが目立ち、頬も若干腫れ上がっている。まるで、誰かにボコボコに殴られたあとのようだった。

「いやぁ」頭をガシガシと掻《か》きながら、怜音が答えた。「ちょっとその辺のチンピラと喧嘩《けんか》になっちゃって」

そういえば、と思い出す。この男、陰でコソコソと直引きをしていると専らの噂だった。オフの日に客と二人で歩いている姿を度々従業員に目撃され、オーナーの耳にも届いている。

もしかしたら、その直引きが原因で何らかのトラブルに巻き込まれ、痛い目に遭ったのかもしれないな、と大和は邪推した。

　怜音が店に戻ってくる気があるのか、このまま飛んでしまうつもりなのかはわからない。どちらでもよかったが、大和は一応先輩として「ほどほどにしとけよ」と注意しておいた。だが、相手はクチャクチャ音を立ててガムを噛《か》みながら、「はーい」とヘラヘラ笑うだけだ。可愛げのない後輩である。

　怜音と別れ、中洲交番の前を通り過ぎる。その先にあるテナントビルに入り、大和は二階にあるダーツバーのドアを開けた。

　店に足を踏み入れた瞬間、

「うおっ」カウンターの中にいるバーテンダーが、大和の顔を見て興奮気味に声をあげた。「久しぶりじゃないすか！」

「よっ」と、軽く片手を上げて応える。「元気してたか、ヒロ」

　客はおらず、ちょうど店を閉めようとしていたところだったようだ。店内を見渡しながら、大和はからかうように笑う。

「まさか、オレらの中でダーツがいちばん下手だったお前が、ダーツバーの店長になるなんてなぁ」

「そんな昔の話やめてくださいよ、総長」

「お前もな」もう何年も使われていなかった呼称を引っ張り出され、思わず眉をひそめる。「その呼び方やめろ」

　この男、ヒロことヒロカズは、大和が可愛がっていた後輩のひとりである。通っていた学校は違うが、昔の仲間で、同じ暴走族のチームに所属していた。毎日のように夜の街に繰り出しては、朝までダーツをして遊んでいた日々が懐かしい。

「急にどうしたんすか」

「ちょっと、訊きたいことあってさ」カウンターの椅子に腰かけながら、大和は本題に入った。「お前さ、飛雄真と仲よかったじゃん」

「五十嵐飛雄真っすか？」

「そう。あいつの居場所、知らねえかな」

　ヒロと飛雄真は親友だった。彼ならなにか知っているかと思ったのだが、感触はよくなかった。

「いやぁ、飛雄真とはここ数年会ってないんすよねえ」

　そうか、と肩を落とす。卒業してから何年も経っているのだ。環境が変われば人間関係も変わる。いつまでも昔のままというわけにはいかないだろう。

　最初の打席は空振りに終わりそうだな、と内心気落ちしていたところ、

「でも、タケなら知ってるかもしれないっす」

と、ヒロが付け加えた。

「前に会ったときに、飛雄真のこと話してましたし」

「タケ、今どこにいんの？」

「二丁目のソープ店で客引きやってますよ。『人妻倶楽部《くらぶ》』っていう店の」

情報料代わりのチップをカウンターの上に置き、大和は店を出た。

大通りに背を向け、キャナルシティ方向へと進んでいく。この時間のこの辺りは人通りが少ない。国体道路《こくたいどうろ》を渡った先の風俗店が立ち並ぶ界隈《かいわい》を歩いていると、お目当ての人物はすぐに見つかった。

「そこのお兄さん、一発どうっすか！　いい子いますよ！」

と、白いシャツに黒いベスト姿の若い男が声をかけてきた。

「相変わらず元気そうだな、お前は」

苦笑をこぼす大和に、タケこと竹山《たけやま》は目を丸くしていた。「おわっ！　総長じゃないすか！」

「頼むからその呼び方やめろ」

どいつもこいつも、と大和は舌打ちした。

　タケも同じ暴走族の仲間だった。お調子者でチームのムードメーカー的存在だったが、今でもその性格は変わっていないようだ。「ちょっとちょっと、なにしてんすかこんなところで、風呂入りに来たんすか」と楽しげに冷やかしてくる。

「違うっつーの。お前に会いに来たんだよ」

「え、オレすか」

「飛雄真を探してるんだけど、最近どうしてるか知らね？」

「飛雄真って、五十嵐飛雄真？」

「そう」

「いや、知らないっすねえ」

　タケは首を捻った。

「先月までは、うちの系列店のキャバクラに通ってたんすけど、急に来なくなったんすよ、あいつ。『いつまでも遊び回ってるわけにはいかねえから、そろそろ就職するわー』とか言ってましたけど」

　就職——そういえば、真澄も同じようなことを言っていた。飛雄真が心を入れ替えて真面目に働こうとしていたことは、どうやら事実らしい。

「ほら、壮真さんのこともあって、お袋さん大変そうだから。いろいろ思うところがあったんでしょうね」

壮真の名前を出した途端にタケの表情が曇った。「そうだな」と、大和も呟くように返す。

「すんません、お役に立てなくて」

「いや、ありがとな」

ここも空振りか。とりあえず、なにか情報を掴んだときは連絡を入れるよう頼んでおいた。

踵を返した瞬間、

「健人《けんと》さん」

と、タケが呼び止めた。

「オレ、健人さんの選択は間違ってなかったと思います」

その言葉に、思わず足が止まる。振り返ると、タケはいつになく真剣な表情を浮かべていた。

「あれでよかったんすよ、【大和連合】は」

大和連合――懐かしい響きだな、と思う。

福岡市博多区を中心に活動していた暴走族集団・大和連合。元はといえば、市内各地に点在している別々のチームだった。西区の【虚空《こくう》】、東区の【紫電一閃《しでんいっせん》】、中央区の【益荒《ますら》】、博多区の【九州男《くすお》】──四つの集団が連合体となり、それぞれが【大和連合】の支部へと名前を変えた。すべては勢力を拡大する余所のチームに対抗するためで、連合のまとめ役は博多支部が担っていた。

ところが、ある事件をきっかけに、大和連合は解散した。

その決定を下したのは、当時総隊長を張っていた自分だ。

「先輩とか仲間とか、いろいろ文句言ってくる奴もいたけど……あのままだったらオレ、ずっと悪さばっかかしてて、人生狂ってたと思います」

その率直な言葉に、少し救われた気分になる。礼を告げる代わりに、大和は笑みを返した。

「あ、ついでに一発どうです？」

茶化す後輩に「また今度な」と切り返し、大和は再び大通りへと戻った。

結局、飛雄真に繋がる手がかりはゼロだ。さてどうしたものかと頭を悩ませていたところ、制服警官の集団が目に入った。そのの中のひとり、若い警官が大和に気付き、

「あっ、健人さん！」と手を振りながら近付いてきた。

「よう、ケツ持ち」

という大和の言葉に、

「ちょっと、その呼び方やめてくださいよ」

警官は顔をしかめている。

この男は、ヤマテツこと山田《やまだ》哲郎《てつろう》。ヒロやタケと同様、昔の仲間である。パトカーに追走された際に最後尾を走り、警察の注意を引いて囮《おとり》になるのが、この男の役目だった。「まさか、何度も逮捕されかけたお前が、サツになっちまうとはなぁ」と大和は笑った。

「パトロール中？」

「はい。そこのスナックで揉《も》め事《ごと》があって」と、ヤマテツがビルを指差す。「酔っ払い客が金を払わないって駄々こねてたんですよ」

この街ではよくある話だ。毎日のように揉め事が発生し、その度に交番勤務の警官は奔走している。

「健人さんは、なにを？」

訊かれ、

「あ、オレ？　聞き込み」

　と、大和は答えた。

「なんすかそれ、刑事じゃあるまいし」

　まったくだ、と思う。自分に向いていない役回りだということはわかってはいるのだが、引き受けた以上は投げ出すわけにはいかなかった。

「飛雄真と連絡が取れないって、真澄ちゃんから相談されたんだよ。それで今、あいつのダチに話聞いて回ってるんだけど」

　と言ったところで、ヤマテツが「あ」と声をあげた。

「飛雄真なら、俺こないだ見かけましたよ」

　まさか、こんなところで有力な目撃証言を得られるとは思わなかった。「え、マジで？」と目を丸めていると、

「はい、マジっす」

　ヤマテツは頷いた。

「街を巡回してたときに、スーツ着た飛雄真がちょうど目の前を通り過ぎてったんすよ。声かけようとしたんですが、急いでるみたいだったんで」

　大和は矢継ぎ早に問いかける。「それ、いつ頃？　どこだった？　場所は？」

「うーん、三週間くらい前ですかねぇ」

ヤマテツは携帯端末を取り出した。地図を表示させると、「たしか、この辺りでした」と指差し、爪の先で小さな円を描く。中洲《なかす》川端駅《かわばたえき》から昭和《しようわ》通《どお》り方向、徒歩十分前後のエリアだった。

彼は腐っても警察官だ。見間違えたわけではないだろう。信頼に足る証言だった。

「俺も昔の仲間を当たってみましょうか？　何かわかったら連絡しますよ」

交友関係が広く、情報通であるこの男ならば、なにか有力な手がかりを得られるかもしれない。

後輩の有難《ありがた》い言葉に、大和は両手を合わせた。「悪いな、頼むわ」

4回裏

　中洲川端駅の7番出口から博多座の横を抜け、昭和通り方面へと進んでいくと、川端コールサービスの自社ビルが見えてくる。一階の正面玄関の先には二台のエレベーターが並んでいて、ビルの二階と三階がオフィス、四階は社員食堂と休憩室、五階は会議室と研修室になっている。

　後藤は真っ先に研修室へと向かった。

　その途中の廊下で、作業着姿の清掃員とすれ違った。バングラデシュ人のその男は、後藤に気付くと軽く頭を下げた。余計な私語はせず、黙々と床にモップをかけている。

　スーツ姿の若者たちは皆、約束の時間の十分前には研修室に集まっていた。なかなか優秀だ。

　今日はここで新人研修が行われることになっていて、後藤がその担当だった。十名の新入社員は並べられた二人掛けのテーブルに座り、ひたすら後藤の話とホワイトボードの文字に注目していた。

午前中は主に、社外秘情報についての取り扱い、ＩＤやパスワードといった個人情報の管理、社内のメーラーの使用方法の説明などのコンプライアンス研修だった。一通りの説明が終わると、今度は新入社員を引き連れて社内の見学へと向かう。各フロアになにがあるか、丁寧に説明してやった。あの場所を除いては。

昼休憩を挟み、午後からは新人をそれぞれの部署に配属する。十人のうちの三人は通販会社の受注業務に。二人はクレジットカードの問い合わせ業務に。四人は電化製品のテクニカルサポートに。それ以降の研修は、それぞれの部署のリーダーが担当することになっている。

「斉藤くん」

と、後藤は最後に残ったひとりの名前を呼んだ。

「はい」

真面目そうな顔つきの男が短く返事をした。たしかこの新人、年齢は二十代半ばだっただろうか。新卒ではないが、即戦力になりそうだ。

「泊まりの用意はできてる？」

「あ、はい」

斉藤が頷き、携えていた大きなボストンバッグを一瞥した。

「採用試験で特に優秀だったキミには、特別業務を担当してもらいたいんだ」

「……特別業務、ですか」

首を傾げる新人に、

「そう」と、後藤は人の好《よ》い笑顔を作った。「この部署だけは歩合がつくから、もっと稼げるよ」

すると、斉藤は「そんな仕事が、私に務まるでしょうか」と謙遜した。

「キミは声の感じもいいから、適任だと思う」

ついてきて、と先導し、エレベーターに乗り込む。いったいどこへ連れていかれるのだろうかと、右も左もわからない新入社員は不安げなようすできょろきょろしていた。

「この社員証が、鍵になっていてね」

カードキー付きの社員証をボタンの下にあるセンサーに翳《かざ》すと、エレベーターが勝手に動き出した。地下一階へと下降していく。

「その部署のオフィスは、地下にあるんだ」

——そして、一度足を踏み入れたら、もう後戻りはできないんだよ。

心の中で呟きながら、後藤はほくそ笑んだ。

5回表

最初はよかった。午前中の研修までは。どの会社でもよく行われている、ごくごく普通のコンプライアンス研修だった。社内の見学もさせてもらったが、評判通りの何の変哲もないコールセンターで、働いている社員も業務内容も、どこからどう見てもカタギそのものだった。

どうやら今度こそ、自分はまともな会社に就職することができたようだ。斉藤は安堵していた。

ところが、午後になると、だんだん雲行きが怪しくなってきた。後藤部長に呼ばれてエレベーターに乗せられ、なぜか斉藤だけがひとり、地下一階のフロアへと連れて行かれた。

「特別業務についてもらう」と言われて、嬉しくないわけではなかった。給料も上がるし、なにより自分を高く買ってもらえたことは光栄である。

ただ、なんとなく、妙な胸騒ぎがしていた。

これまでの人生において、様々な事件に巻き込まれてきた斉藤の中の第六感が、「ねえ、なんかこれヤバいんじゃないの？」と告げている。それにもかかわらず、斉藤は深く考えることを放棄し、つい気付かないふりをしてしまった。やっと見つけた再就職先なのだ。いやいや、考えすぎだって。地下のフロアなんて、今どきどの会社にもあるし。大丈夫、大丈夫。自分にそう言い聞かせた。

エレベーターを降りると、長い廊下の一本道が延びている。窓はひとつもなく、数メートルおきの小さな蛍光灯だけがフロアをぼんやりと照らしていた。

廊下を歩いていると、清掃員の男とすれ違った。作業を中断し、こちらに向かって頭を下げたので、斉藤も会釈を返した。

歩きながら、後藤部長が説明する。「ここが仮眠室。研修中の間は、この部屋で寝泊まりしてもらうから」「ここがシャワー室、こっちがトイレ。洗濯は新人の仕事だから。交代制でね」「こっちが部長室。私に用があるときはここに来て」――淡々とした口調だった。

「ここがオフィス」

と、部長がドアを指差した。中では社員が働いているようだ。喋り声や電話のベルの音、「契約、取れました！」という誰かの一言と、それを称《たた》える大きな拍手が、ドアの外まで聞こえてくる。

どうやら思い過ごしだったようだ。ちゃんとした会社っぽい。よしよし、いいぞいいぞ。斉藤の心は持ち直した。

「今日は、ここで作業してもらうね」

と言って部長が扉をノックした。廊下の突き当たりにある、『備品倉庫』と書かれた小さな部屋だった。

部長がドアを開けた。部屋の中には棚が並んでいて、中央に古いデスクと椅子が置かれている。その椅子に腰かけ、ひとりの男が作業していた。

「五十嵐くん」と、部長が男の名前を呼ぶ。

若い社員だった。顔つきにまだあどけなさが残っている。自分よりも歳は下だろうと、一目見てわかった。

「彼、新人の斉藤くん。仕事を教えてあげて」

部長に紹介され、斉藤は年下の先輩に向かって深々と頭を下げた。「斉藤です、よろしくお願いします」

部長は「じゃあ、あとはよろしくね」と五十嵐に斉藤を預け、去っていった。

「……それで、僕はなにをすればいいんでしょうか？」

残された斉藤が尋ねると、

「書類の処分です」

五十嵐が説明した。山積みになった紙の一部を、斉藤に手渡す。

「簡単な作業ですよ。これを一枚一枚、このバケツに浸《つ》けるんです。水には、この洗剤を入れてください。文字も薄まるし、紙をふやかしやすくなるので」

衣類用の洗剤だった。ボトルには『驚きの白さ』と書かれている。

「……洗剤？」斉藤は眉をひそめた。これ全部？　手作業で？　気が遠くなりそうだった。「シュレッダー使わないんですか」

「シュレッダーだと、復元されてしまう可能性があるんで。この会社、情報漏洩に厳しいんすよ」

「な、なるほど、徹底してますね」

どうぞ、と洗剤とバケツを渡される。

腑《ふ》に落ちない気分だったが、やるしかない。紙の束の中から一枚手に取る。ちらりと見えた文字の羅列に、斉藤は「ん？」と思った。セールストークの会話例が書かれているようだが、明らかにおかしい。

営業トーク例①
オペレーター：もしもし、母さん？　オレだけど。
お客様：あら、○○。久しぶりね、どうしたの？
オペレーター：実は、会社の金を使い込んじゃって……明日、監査が入るらしくて、困ってるんだ。どうしよう。
お客様：それは大変ね。いくら使ったの？

驚きの黒さだ。

「――いやいやいやいやいやいや！」

斉藤は思わず叫んでしまった。

見てはいけないものを、いや、見たくないものを見てしまった。なにがオペレーターだ。なにがお客様だ。こんなの、ただの詐欺師とカモじゃないか。アウトかセーフでいったら完全にアウトである。審判にリクエストするまでもないレベルで悠々アウト。「ほら、やっぱりね。だから言ったじゃない」と、自分の中の第六感が肩をすくめている気がした。

榎田は天神《てんじん》から渡辺通《わたなべどお》り方面へと歩いていた。横断歩道を渡ってしばらく進んでいくと、目的の場所が見えてくる。佐伯美容整形クリニックには休診日の札がかかっていたが、ドアの鍵は開いていた。

ちょうど中から男が出てきて、入り口で榎田とすれ違った。茶髪で派手なスーツ姿の、ホスト風の男だった。チャラチャラした雰囲気がうちの右翼手によく似ているな、と思った。

クリニックに入ると、佐伯が奥の部屋から顔を出した。「誰かと思えば、榎田くんじゃないですか」

「やあ」と、手を上げて応える。「忙しいなら出直すけど」

「いえ、大丈夫ですよ。もう終わりましたから」

院内の隠し部屋へと場所を移してから、

「さっきの男、ホストだよね？　どこか弄《いじ》ったの？」

と、榎田は尋ねた。

あの男、初めて見る顔だった。佐伯の顧客だろうか。

「いえ、整形じゃないですよ」佐伯は笑っている。「なんでも、体にICチップを埋め込まれたそうで、取り除いてほしいと言われまして」

物騒な話だ。「それは大変だねえ」と榎田は肩をすくめた。

「今日はカウンセリングのみで、明日に手術をすることになりました」

いったいどうして体にチップを埋め込まれるようなことになったのか。その経緯が気にはなったが、脱線している暇はない。世間話はこれくらいにして、榎田は本題に移った。

「この顔、見覚えない？」

と、台の上に写真を並べていく。重松から渡された、三人の行方不明者。もし彼らが何らかの事件に巻き込まれ、さらにそれが裏稼業の人間の仕業だとしたら、死体処理に携わる佐伯がなにか手がかりを握っているかもしれない。

という榎田の読みは当たっていたようで、写真を一目見たところで、

「たしかに、うちに届きましたよ」

と、佐伯が頷いた。

「ほんと？」

「ええ。つい最近、知り合いを通じて依頼されました。依頼人の名前までは聞いていませんが」

「それで、死体は？」

「残念ながら、すでに火葬場です。今頃は灰になっているでしょう」

「……一足遅かったか」榎田は肩をすくめた。

「写真でよければ、お見せできますよ」

佐伯は保身も兼ねて関わった仕事の記録を残している。鍵のかかった棚の中から一冊のファイルを取り出し、榎田に手渡した。「これです。全員、銃殺されたようですね。中には、かなり腐敗が進んでいるものもありました」

佐伯が撮影した三人の男の死体。蛆《うじ》がわいているものもあれば、一部が白骨化しているものもあり、身元を判別するのは簡単ではなさそうだ。

三体の遺体の写真と、三人の身体的特徴を照らし合わせていく。「この最も腐敗している死体が、宮脇恵一だろうね。かろうじて腕のタトゥーが残ってるし。で、こっちの長身の死体は中津かな。体格が似通っている。三つ目の死体は、まだ新しいね。

殺されたばかりなんだろう。この顔、江口順平で間違いなさそうだ」

つまり、三人の行方不明者は全員とっくに殺されていたわけだ。行方不明事件が連続殺人事件へと姿を変え、なんとも不穏な気配を帯びてくる。重松の刑事の勘も侮れないな、と思った。

「それにしても」薄目で写真を見つめながら、榎田は眉をひそめた。「この死体、泥まみれじゃん。なんでこんなに汚れてるの？」

「一度土に埋めて、また掘り返したみたいですね。発見されるのが心配になったんじゃないでしょうか。結構よくある話です」

「所持品は？」

「服以外のものはなにも身に着けていませんでした。特に変わったようすはなさそうだと思っていたんですが……ただ、ひとりだけ。この死体の靴下の中に、名刺が入ってたんです」

佐伯が指差したのは、江口順平の死体だった。

「靴下？」榎田は首を傾げた。「どうしてそんな場所に」

「不思議ですよね」と、佐伯も頷く。

「誰かに見つからないよう、わざわざ隠したのかな」

だとしたら、江口順平は自分の身に危険が迫っていることを自覚していた可能性が高い。今回の連続殺人の犯人へと繋がるなにかしらの手がかりになりそうだな、と榎田は思った。

「これがその名刺です」

佐伯がファイルを指差す。その写真には、くしゃくしゃになった小さな紙が写っている。榎田は目を凝らし、文字を読んだ。『川端コールサービス　部長　後藤和之《かずゆき》』という文字が記されている。

「……川端コールサービス」

榎田はぼそりと呟いた。

見覚えのあるその会社名に、自然と口元が緩んでしまう。

「どうしました、榎田くん」佐伯が顔を覗き込んでくる。「なにか面白いことでもありました？」

「いや」

榎田は口の端を上げて答えた。

「これから面白くなりそうだと思ってさ」

標的についての情報は、お世辞にも多いとはいえなかった。

サリムという名前の殺し屋で、国籍はバングラデシュ。元留学生。ビザはとっくに切れているかもしれない。最も頼れる情報は、源造から受け取った写真。その裏面には、源造によって住所が書かれていた。福岡市博多区住吉《すみよし》――どうやらここがサリムの自宅らしい。

それにしても、と林は思う。直引きなんてせこい真似をする殺し屋がいるとは思わなかった。仲介屋に支払うマージンなんて微々たるものだ。それをケチったばかりにこんな目に遭うことになるとは、割に合わない話である。だが、自業自得だ。

サリムの住処《すみか》は、最寄り駅から少し距離のある、出稼ぎの外国人が集まるような古いアパートだった。その一階の角部屋。電力メーターは動いているが、部屋の中から物音は聞こえず、人の気配はなかった。外出中なのだろうか。

わざわざ外でおとなしく待ってやるような健気《けなげ》さは持ち合わせていない。林はアパートの裏側に回り込んだ。柵を越えてベランダに侵入し、窓ガラスを割って外から鍵を開けた。「邪魔するぜ」と声をかけながら、無人の部屋へと侵入する。

——と、そのときだった。不意に唸《うな》るような物音が聞こえ、林はぴくりと反応した。ポケットの中の携帯端末が震えている。電話がかかってきたようだ。驚いて損したな、と苦笑する。

画面を見遣《みや》り、林はため息をついた。馬場からだ。

電話に出ると、

『あ、リンちゃん？　今どこ？』

暢気《のんき》な声が返ってきた。相変わらず元気そうだ。入院中の患者とは思えない。

「住吉だけど」

『明太子食べたいっちゃけど、買ってきてくれん？』

「いや、今それどころじゃねえし」

また明太子か、とうんざりする。こっちは仕事してんだよ。

「近くのコンビニに売ってんだろ。見舞いに来た奴に買ってきてもらえよ」

すると、馬場は拗《す》ねたような声色になった。『コンビニの明太子やなくて、ふくやの明太子が食べたいと』

「知るか」

呆れ声で一蹴すると、

『そんなこと言っていいとね？　病院抜け出して買いに行こっかなぁ』

と、馬場は脅しをかけてきた。

林は顔をしかめた。……この男、足元見やがって。

「あー、わかったわかった。買ってきてやるから、おとなしく待ってろ」

吐き捨てるように返し、林は電話を切った。

明太子は待たせておけばいい。それより仕事だ。頭を切り替え、サリムの自室を見渡す。殺風景な部屋だった。ソファと椅子と、ベッドのみ。余計なものは置いておらず、いつでも夜逃げできそうな雰囲気である。

林はソファに座り、テレビの電源を入れた。標的がいつ帰宅するかはわからない。長丁場になりそうだ。ドラマでも観ながら気長に待つか、とリモコンを操作する。

そういえば、前にもこんなことがあったな、と思い出した。標的の部屋に忍び込み、テレビを観ながら帰宅を待った。あれから一年か。少し懐かしい気分だった。

『わかりましたよ、飛雄真の就職先』

と、警官の後輩から連絡があったのは、あれから半日後のことだった。

完全な昼夜逆転生活を送っている大和は真昼間に叩き起こされ、自宅のベッドの中で欠伸《あくび》を嚙み殺しながら、電話の相手に向かって「まじか」と呟いた。さすがは情報通のヤマテツだ。仕事が早い。

『昨日、巡回中にたまたま後輩と会ったんすよ。そいつ、飛雄真が可愛がってた奴なんすけど、今は中洲でガールズバーの店長やってて、飛雄真もよく飲みに行ってたらしいっす』

「それで？」

『先月、飛雄真が店に来たって言ってました。そんときに、社員証を見せびらかしてたそうですよ。採用通知と一緒に会社から送られてきたらしくて。「これで俺も晴れて会社員だ」って、はしゃいでたって』

「なんていう会社だった？」

『川端コールサービスっす』

自分には聞き覚えのない社名だ。サンキュ、と大和は礼を告げた。会社の住所は検索すれば出てくるだろう。

「ちょっと行ってみるわ」

と大和が言うと、ヤマテツは難色を示していた。『気を付けてください、総長。その会社、半グレの息がかかってるっていう噂ですから。迂闊に手ぇ出さない方がいいっすよ』

「半グレ？」

『不死鳥にいた連中らしいっす』

不死鳥——懐かしいその名前に、眠気がすっかり覚めてしまった。

不死鳥は、大和連合の対抗勢力だった。

赤い特攻服に身を包んだ好戦的な集団で、少年課の刑事が手を焼くような名の知れた不良が揃っていた。大和連合博多支部とは同じ博多区内で活動していたため、何度も衝突し、抗争へと発展することも多々あった。御笠川《みかさがわ》を挟んで東側を不死鳥が、西側を大和連合が主な縄張りとしていたのだが、不死鳥の連中は平気で踏み荒らしてきた。頭から下っ端までメンバー同士は全員犬猿の仲で、街で顔を合わせたときには喧嘩を吹っ掛けられることも多々あった。その因縁が、あの悲劇を引き起こすことになったわけなのだが。

若かりし頃の記憶を思い返しながら、大和は中洲川端駅の7番出口を出た。博多座の横を通り過ぎ、昭和通り方向へと進んでいく。五、六分ほど歩いたところで、足を止めて周囲を確認した。検索で出てきた情報によると、川端コールサービスの自社ビルはたしかこの辺りのはずだ。

とはいえ、ヤマテツの言葉も気になる。半グレの——それも元・不死鳥の人間が絡んでいるとしたら、正面から乗り込むのは得策ではない。とりあえず会社の場所を確認してからは、しばらく近くでようすを見るとするか。

そう考えながら、大和は細い路地を歩いた。ひとつ先の角を曲がったところで、

「あ」

思わず声をあげてしまった。

足を止め、通りの真ん中に立っている人物を凝視する。

相手も大和に気付き、

「あ」

と、呟いた。

榎田だった。

5回裏

「――いやいやいやいやいやいや！」

処分する書類の中身を読んでしまったようで、新入社員は叫び声をあげた。

飛雄真はぎょっとした。誰に聞かれているか知れたもんじゃない。「しっ」と人差し指を唇に当てると、斉藤というその新人ははっと口を噤《つぐ》んだ。

「声が大きいですよ」

「す、すみません」

ドアを開けて廊下を確認すると、部長室の前に人が立っているのが見えた。清掃員の男がモップ掛けをしている最中だった。あの清掃員は外国人で、日本語がわからないらしい。ならば問題ないだろう、と安堵しながらドアを閉める。

深呼吸を繰り返し、心を落ち着けてから、斉藤が再び口を開く。「……いやこれ、詐欺ですよね」

「気付いちゃいました？」

「気付くに決まってるでしょ！」

ですよね、と飛雄真は頷いた。気付かない方がおかしいだろう。我々がせっせと処分している書類は、どこからどう見ても詐欺のマニュアルなのである。

すると、

「はあ、詐欺かぁ……」

と、斉藤は大きなため息をつき、頭を抱えた。

気の毒だな、と思う。

「わかりますよ、ショックっすよね」落ち込んでいる斉藤の肩に、飛雄真はそっと手を乗せた。「せっかく就職した会社が、こんなことやってるなんて」

すると、

「……いやまあ、まだ傷は浅いです。前の会社はもっとヤバかったので」

ははは、と斉藤は乾いた笑いをこぼした。遠い目をしている。

飛雄真は内心驚いた。いったいどんな会社で働いていたんだろうか、この人。気にはなったが、なんだか触れてはいけない気がした。

「五十嵐さんも、知らずに就職したんですか？」

訊かれ、

「そうっす。俺もショックでしたよ」飛雄真は頷いた。「俺、最初は上のフロアで普通に働いてたんすよ。深夜の通販番組の受注業務やってました。それが、欠員が出たとかでこの部署に配属されたんです。会社を辞めたくなければ特別業務につけって、半ば脅されて」

飛雄真には金が必要だった。兄の入院費を稼がなければならなかった。だから、薄々気付いていながらも、会社の悪事に目を瞑るしかなかったのだ。

「この部署、どうやらワケアリの社員が集められているみたいです。借金抱えて首が回らない奴とか、前科者でなかなか職に就けない奴とか。後ろ暗い人材を選んで採用しているみたいですよ。俺も昔、族《ぞく》入ってたんで、警察の世話になったこともあって、適任だと思ったんでしょうね」

やんちゃしていた自分と比べ、斉藤は見るからに真面目そうな雰囲気なのだが、どうしてこの部署に配属されたのだろうか。

「斉藤さんも、ワケアリなんすか？」

飛雄真が尋ねたところ、斉藤は「……まあ、ワケアリといえば、そうかもしれませんね」と曖昧に答えた。

バケツの中に書類を浸しながら、

「新入りには、まずこうして、単純作業をやらせるんですよ」

飛雄真は説明を続けた。

「書類の処分とか、架空請求のハガキの宛名シール貼りとか。実際に業務をやるのは、上の人に認められてからです」

「ということは、俺たちもそのうち、この会社の詐欺に本格的に加担させられるってことですよね」

斉藤の顔色が悪くなる。居ても立っても居られなくなったようで、慌てて立ち上がり、「とにかく、警察に通報しないと」と逸《はや》った。

「それはやめた方がいいっす」

飛雄真は首を振り、新人を制した。

「サツにタレ込もうとした社員がいたんですが」声を潜めて告げる。「どうも、口封じに殺されたみたいなんですよ」

「ひっ」

斉藤がさらに青ざめた。

「俺だって、外と連絡を取ろうとしました。スマホ取り返そうとして部長室に忍び込んだんすけど、電波が届いてないみたいで電話もメールもできなかったっす。お手上げっすよ」

電波が届かないのか、それとも、ハッキング対策で電波が妨害されているのかはわからない。ただ、外部と連絡を取る手段が絶たれていることだけは確かである。

「どこかに、逃げ道は――」

と、斉藤がきょろきょろと辺りを見渡した。

「逃げようとしても、ムダっすよ」

このフロアに窓ひとつないことは、すでに確認済みだ。非常口の類も設置されていない。

出口はひとつ、一階の正面玄関のみだ。

「外に出るためには、エレベーターに乗って一階に上がらないといけない。そのためには、カードキー付きの社員証が必要なんです。その鍵は、代表とか後藤部長とか、この会社にどっぷり浸かってる先輩たちとか、一部の人間しか持ってない」

「そ、そんなぁ」

斉藤は今にも泣き出しそうな顔をしている。

「とにかく、おとなしく会社に従ってた方がいいっすよ。下手に動くと、消されてしまいますって」

江口先輩みたいに、と心の中で付け加える。

これは単なる想像に過ぎないが、おそらく江口は、会社から信頼を得るまで、あえて忠実なフリをしてやり過ごしてきたのではないか、と飛雄真は思っていた。上司を欺くために出来のいい社員を演じ、告発の機会を窺っていたのだろう。だが、結局は思惑がバレてしまい、口封じに殺された。

「……いや、待てよ」

しばらく項垂れていた斉藤が、不意に呟いた。その瞳には希望の光が宿っているように見える。

「俺、草野球チームでピッチャーやってるんです。だいたい毎週練習に参加してるんですけど、もし俺が練習に来なかったら、仲間が心配して探してくれると思うんですよね。すごく頼りになる人たちなので、居場所を突き止めて、絶対に助けにきてくれるはず――」

と言ったところで、斉藤は「はっ！」と目を見開いた。

「駄目だ……泊まり込みで研修があるから、しばらく練習に参加できないって言ったんだった……」

勝手に期待して勝手に絶望した末、斉藤は荒れ狂った。「うわあああぁ、誰か助けてえぇぇ」と控えめに叫びながら、部屋の中をうろうろと歩き回っている。

そのときふと、彼の腹のあたりで揺れている社員証が目に留まり、飛雄真は声をかけた。「あの、斉藤さん」

「はい?」

「それ、なんですか」

「え?」

斉藤はきょとんとしている。

「ほら、その社員証」と、飛雄真が指差す。「ケースの中、なんか入ってません? 裏側に、黒いものがちらちら見えてんすけど」

そう言われ、斉藤は首を傾げながら社員証を裏返した。

「うわ、虫っすか。キモッ」

覗き込み、飛雄真は顔をしかめた。一センチにも満たない小さな黒い塊だ。よく見れば、それは蜘蛛《くも》の形をしていた。背中に赤い模様がついている。たしか、セアカゴケグモとかいう毒蜘蛛のはずだ。

斉藤は目を丸くして、また「はっ!」と叫んだ。

「……五十嵐さん」

「なんすか？」

「俺たち、もしかしたら」斉藤は真顔で言った。「助かるかもしれません」

6回表

「——いやあ、それにしても奇遇だよねえ。こんなところでキミに会うなんて。あ、なに頼む？　ボクはオレンジジュース」

メニューを眺めながら、榎田が白々しく言った。

先刻、道端でばったり榎田と遭遇し、大和は焦った。とっさに踵を返そうとしたのだが、「ちょっとお茶でもしようよ」と強引に引き留められ、こうして近くの喫茶店の片隅で榎田と向かい合う破目になってしまった。

しばらくして、注文した飲み物が運ばれてきた。コーヒーに口をつけながら、奇遇にも程があるな、と大和は訝しく思った。いくらお互いよく中洲周辺をうろついている身とはいえ、あんな辺鄙《へんぴ》な場所で偶然出くわすなんて。まさか、と疑いの眼差《まなざ》しを相手に向ける。

「……お前、オレのことつけてたんじゃねえだろうな？」

「人聞き悪いなあ」榎田は挑発的に笑った。「なに？　つけられるような覚えがあるんだ？」

いちいち痛いところを突いてくる奴だ。大和は舌打ちし、目を逸らした。

まあいいけど、と榎田は一笑し、窓の外を指差す。「ボクはただ、あの会社を調べに来ただけだよ」

純喫茶風のこの店は川端コールサービスの真向かいにあり、通りに面したこの席からは五階建てのビルがよく見える。榎田の人差し指が、自分の目当ての建物に向けられた瞬間、大和は思わず目を丸くした。

「あの会社のこと、何か知ってんのか？」

大和が身を乗り出すと、榎田は頷いた。「そのようすだと、キミもなにか知ってるみたいだね」

榎田は情報屋だ。こちらよりも多くの手数を持っているに違いない。この男に頼るのは癪《しゃく》だが、今は意地を張っている場合ではないだろう。大和は態度を変え、笑顔を作った。

「なあ、ここはお互い協力しねえ？　知ってること教えてくれよ。オレも話してやるからさ」

という提案に、榎田はすぐには乗ってこなかった。「キミさぁ、ボクに嘘吐いたでしょ」と三白眼でじっと睨んでくる。

「は？　嘘？」

「五十嵐壮真の事故について」

その言葉に、先日の出来事を思い出した。そういえばあのとき、病院で榎田に壮真のことを訊かれた。親友は自転車に乗っていたところを飲酒運転の車に撥《は》ねられ、意識不明の重体となり、今も目を覚ましていない——大和はそう説明した。自身の過去に触れられるのが嫌で、誤魔化したのだ。

なんでバレたんだ、と目を見張っていると、榎田は得意げな顔になる。

「その当時の飲酒運転事故を全部調べたけど、五十嵐壮真って名前の被害者はいなかった」

「……お前、暇なのかよ」

そこまでするか、と呆れを通り越して感心してしまう。

「ここからは、嘘はなしだよ。出し惜しみもね」

という榎田の言葉に、大和は渋々頷くしかなかった。この男には何でもお見通しのようだ。

隠し立ては諦め、重い口を開く。

「五十嵐壮真は、同じ高校の親友だった。それは本当だ」

親友であり、仲間だった。大和は事実を告げた。ただ、自分は大和連合博多支部の総長として、壮真は副総長として、二人でチームを引っ張っていたことは、端折《はしょ》っておいた。

「あの頃は、オレらも若かったからさ。ガラの悪い高校に通ってたし、街の不良グループに入ってたしで、しょっちゅう悪さしてた」

当時を振り返ると、不思議に思う。どうしてあの頃はあんなにイラついていたのだろうか、と。何に対しても腹が立ち、常にむしゃくしゃしていた。得体の知れない鬱憤を晴らすかのように、仲間とバイクを乗り回し、拳を振りかざし、鉄パイプや金属バットを振り回す日々を過ごしていた。

そして、ある日をきっかけに、その生活が一変する。

「あの日、ダチの一人が他校の奴らにボコられて、財布を盗られたんだ」

犯人グループは不死鳥のメンバーだった。

「それにブチ切れした壮真の弟の飛雄真が、仲間を引き連れて、そいつらの学校に乗り込んだ。連中のひとりを見つけて、同じ目に遭わせたんだ。そしたら今度は、逆恨みした相手が飛雄真に報復しようとした。飛雄真の妹を拉致して、自分たちのアジトに呼び出したんだ。妹を助けたいなら一人で来い、ってな」

榎田は「わぁ、ヤンキー漫画みたいな話」と茶々を入れたが、大和は聞き流して話を続けた。

「オレと壮真が駆け付けたときに、飛雄真はボコられそうになってた。なんとか二人を助け出して、オレたちはバイクで逃げた。飛雄真が妹を乗せて、オレのバイクの後ろには壮真が乗ってた。相手もバイクで追ってきた」

数では圧倒的に相手が勝っていた。捕まったらただでは済まないだろう。追っ手を撒《ま》こうと、大和たちは必死だった。猛スピードで道路を疾走した。

「そのうち、騒ぎを聞きつけて警察が来た。オレたちを追ってた連中は逃げてったけど、その代わり、今度はパトカーに追いかけられて――」

妹の真澄は無関係だ。ただ巻き込まれただけだ。進学校に通う彼女の経歴に傷をつけるわけにはいかない。捕まることなく家に帰してやりたかった。飛雄真と真澄が乗るバイクを逃がすため、大和たち二人が囮になることにした。警察を引きつけて、煽り、追い付かれそうになったところで再び引き離す。結構なスピードを出していた。

その結果、カーブを曲がり切れなかったのだ。

バイクは横転し、大和たちの体は車体から投げ出された。コンクリートの地面や壁に激しく叩きつけられ、気を失い、目を覚ましたときには病院にいた。

話をしているうちに、当時の記憶が鮮明に蘇ってくる。夜の道路に響き渡るバイクの爆音。パトカーのヘッドライト。タイヤが地面に擦れる音。遠退《とおの》く意識の中、聞こえてくる救急車のサイレン。頭から血を流して倒れている親友。

そして、病院で咽《むせ》び泣《な》く壮真の母親の姿。

「オレは運よく骨折程度で済んだけど、壮真は――」

病院のベッドに横たわる壮真の顔が頭を過ぎる。あの事故によって、彼は植物状態に陥ってしまった。七年間、ずっとだ。

後悔ばかりが頭に浮かぶ。オレがちゃんとあの角を曲がり切れていたら、後ろに乗っていたのが壮真じゃなくてオレだったら、壮真は今も元気だったかもしれないと、どうにもならないことばかりを考えた。

壮真の事故に、チームのメンバーも皆、ショックを受けていた。中には不死鳥に報復しようと憤る者もいたが、大和は止めた。

壮真があんなことになってしまったのは自分のせいだが、そもそものきっかけを作ったのは不死鳥との対立だ。やられたら、やり返す。その繰り返し。先輩たちの代からの因縁が延々と続いている。どこかで断ち切らなければいけないし、それが自分の役目のような気がした。

だから、宣言することにした。大和連合は、自分の代をもって解散する、と。これ以上の被害者を生む前に、という建前だったが、正直なところどうでもよくなってしまったのだ。親友が事故に遭ってからというもの、途端にすべてがくだらないもののように思えてきた。飲酒も喫煙も、暴力も、特攻服を着てバイクを乗り回すことも、他の暴走族との抗争も、馬鹿馬鹿しい。命をかけてやるようなことじゃない。伝統を潰したことでＯＢたちにもとやかく言われたが、大和にとってはそれすらどうでもよかった。

解散した後のことは、詳しくは知らない。いくつかの支部は、連合結成前の名前に戻ったらしい。大和が率いていた博多支部のメンバーの中には、他の集団に所属した者もいると聞く。ただ、【大和連合】の名前は、二度とこの街で使われることはなかった。

「なるほどねえ」

と、話を聞いていた榎田が口をはさんだ。

「キミが五十嵐大和って源氏名を使ってるのは、その事故が理由だったたってワケか。

自分を戒めて、毎月の給料を慰謝料代わりに届けて、七年間も五十嵐家のあしながおじさんを務めてきたなんて、見かけによらず律儀なんだねえ」

「……うるせえ」大和は口を尖らせた。「――ってか、なんで知ってんだよ」

そこまでは話していないはずだ。目を丸めていると、榎田は「あの病院、壁が薄いみたいでさ。話し声が聞こえちゃったんだよね」とにやついた。

まさか、五十嵐家の母親とのやり取りをすべて聞かれていたのだろうか。だとしたら居《い》た堪《たま》れない。

「つーか、そんなことはどうでもいい」大和は吐き捨てるように言うと、話題を変えた。「本題はこっからだ。その飛雄真が音信不通らしくて、妹の真澄ちゃんに相談されちまってさ」

大和はこれまでの経緯を簡潔に説明した。

「昔の知り合いに片っ端から聞き込みしてたら」窓の外に視線を向ける。「あの会社にたどり着いた、ってワケよ」

「へえ」

自分の話はこれで終わり。今度は榎田が話す番だ。

「んで？」大和は顎をしゃくり、促した。「お前の方は、どうなんだよ」

「ボクは重松さんからの依頼で、行方不明事件を調べてたんだ」と言って、テーブルの上に資料と写真を置く。三人の男の写真だ。

榎田の話はこうだ。

この三名、宮脇恵一、中津彰、江口順平とは現在連絡が取れず、家族が警察に捜索願を出している。立て続けに起こっている若い男の失踪に、重松は訝しみ、榎田に調査を依頼した。

そして、調べを進めていくと、この三人はすでに殺され、死体屋の佐伯によって処分されていたことが判明した。財布や携帯電話などの貴重品は身に着けていなかったが、そのうちのひとりは、ある名刺を持っていた。

「その名刺が、川端コールサービスの社員のものだったんだ」

榎田が名刺に書かれていた住所へと足を運んでみたところ、ばったり大和と鉢合わせした、という次第だ。

「あのビルの中でヤバいことが行われていて、この三人も五十嵐飛雄真もそれに巻き込まれた。そして、社員が口封じに殺されている——って考えるのが妥当だろうね」

ということは、飛雄真の身も危ない。

「早く助けに行かねえと」

立ち上がろうとする大和を、

「ちょっと待ってよ」と、榎田が止める。「あの会社に乗り込むつもり？」

「ああ」

「珍しく熱くなってるね。……ま、そっちの方が、キミらしくていいと思うけど」

「オレらしいってなんだよ。別にオレのこと知らねえくせに」

「知ってるよ」

と言って、榎田は一枚の写真を取り出し、こちらに見せつけてきた。

「昔の血が騒いじゃった？　元『大和連合』総長の、前田健人くん」

その写真には、昔の自分の姿が写っていた。まだ十代の頃だ。写真の中の大和は白い特攻服に身を包み、頭はオールバックで、カメラを睨みつけている。

「まさかキミが元ヤンだったなんてね。抗争のときは誰よりも真っ先に相手に突っ込んでいくから、『大和連合の特攻総長』って呼ばれてたんだって？」

こいつ、なんでそんな写真持ってんだ。どっから見つけてきたんだ。訊きたいことは山ほどあるが、大和は脱力し、ため息をつくしかなかった。

「……悪いかよ」

下手に隠さなければよかった、と後悔する。そうだ、こいつはこういう奴だった。

オレが中途半端に誤魔化したせいで、こいつの情報屋としての探求心を刺激してしまったのだ。

「いや」と、榎田は答えた。「悪くないよね、たまにはこういうのも」

楽しそうな顔しやがって、と憎たらしく思う。

「さて、スリ師の大和くん」

すると、榎田は小さな黒い塊をテーブルの上に置いた。この男の常套手段、セアカゴケグモ型盗聴発信機だ。

「敵地に乗り込む前に、ひとつ仕事を頼みたい」

敵地に乗り込んだ林は、依然としてテレビを前にして寛いでいた。現在絶賛放送中の深夜ドラマ『ナサケをかけない女』の再放送を眺めながら。

このドラマの主人公・鬼島冷子《おにじまれいこ》（二十九歳）は元は殺し屋だったが、三年前に裏稼業から足を洗った。現在はごく普通の内勤ＯＬとして働き、愛犬のトイプードルとともに平穏な毎日を送っていた。

ところが、昔雇われていた指定暴力団・仁宮寺《じんぐうじ》組《ぐみ》に愛犬を惨殺され、冷子の生活は一変してしまう。激高した彼女は復讐を決意し、再び武器を手に取る。仁宮寺組を壊滅させ、愛犬の仇《かたき》を討つまでのストーリーを、全十話にわたって描いた連続ドラマだ。あの『昼顔極妻《ひるがおごくつま》』の制作陣が再集結して手掛けた本格サスペンスアクション作品とあって、いろいろと見所が多い。中でも、冷子が仁宮寺組幹部のカツヒコを暗殺したことで、『昼極』の最終回では結ばれることのなかったカツヒコの妻・カオルと麻薬ディーラーのケンジが元鞘《もとさや》に収まるところは、なかなか胸が熱くなる展開で、林も手を叩いて喜んでしまった。

ドラマを観ながら、ふと考えてしまう。自分もこの主人公のように、いつか裏稼業から足を洗う日がくるのだろうか。想像できない。

画面の中では、ちょうど主人公が復讐を果たす場面が流れていた。毎回「悔い改めろ、クソ野郎」という決め台詞《ぜりふ》とともに現れ、悪党の心臓をナイフで貫いたり、銃で脳幹をブチ抜いたりするラストシーンは爽快だ。

サリムの自宅で待ち伏せすること、二時間。ふと、外から物音が聞こえてきた。

「――帰ってきたか」

林は呟き、テレビを消した。

さて、仕事の時間だ。

立ち上がり、軽く肩を回して体をあたためると、息を潜めて玄関へと向かった。殺せとは言われていないので、得物のナイフピストルは懐にしまっておく。

足音が近付いてくる。

次の瞬間、ガチャ、と鍵が差し込まれる音がした。ドアスコープを覗いて外を確認すると、部屋の前に外国人の男が立っていた。写真と同じ顔だ。間違いなくサリム本人だろう。

標的がドアを開け、中に入る――その油断している隙を突き、正面から一撃を食らわせるつもりだった。

ところが、サリムはなかなか部屋に入ってこない。どうやら電話がかかってきたようで、ドアの前で携帯端末を耳に当てている。林は耳をそばだて、盗み聞きした。

「はい、お疲れさまです。……え、今ですか？　自宅に戻ったところですが」

サリムの日本語は流暢《りゅうちょう》だった。

「はい、わかりました。すぐに向かいます」

サリムは再びドアに鍵をかけると、そのまま立ち去ってしまった。

「……あ？」

なんだ、と拍子抜けする。

やっと帰ってきたかと思えば、標的はまたどこかへ出かけてしまったようだ。

「逃がすかよ」

次またいつ帰ってくるか知れたものではない。待ち伏せはやめだ。林も部屋の外に出た。サリムを尾行し、隙を突いて依頼を遂行する計画へと切り替える。

一定の距離を保ちながら、林はサリムのあとをつけた。


……退屈だ。

病室のベッドの上で大の字になり、ぼんやりと天井を見つめながら、馬場は大きなため息をついた。

今日は誰も見舞いに来ない。入院した当初は、毎日のように豚骨ナインの仲間が会いに来てくれていたのに。皆、忙しいのだろうか。一抹の寂しさを感じながら、ゴロゴロと寝返りをうつ。

仕事もできない、野球もできない。やることがない。暇すぎて嫌になる。引退したらこんな毎日を送ることになるのだろうか。想像するだけでぞっとした。

暇潰しに病院内を散歩でもするか、と思い立ち、馬場は個室の外に出た。廊下を歩いていたところ、

「あら、こんにちは」

顔見知りの女に出くわし、声をかけられた。隣の個室に入院している患者の母親だ。馬場も足を止め、「こんにちは、五十嵐さん」と笑顔を返す。

「今日もお見舞いですか？」

母親は毎日のように病室を訪れていた。馬場と顔を合わせる度に、彼女はいつも見舞いの品をお裾分けしてくれている。

「ええ」と、母親は頷いた。それから、呟くような声で言う。「目が覚めたときに、傍《そば》にいてあげたくて」

彼女の息子が植物状態に陥っていることは、馬場もなんとなく知っていた。お喋りなスタッフや入院歴の長い患者が、院内の噂話をいろいろと教えてくれるのだ。

「でもまあ、息子からしたら、迷惑かもしれないけど」

と眉を下げる母親に、馬場は「そんなことないですよ」と首を振る。

「入院してると、やっぱり心細いんですよね。見舞いに来てくれる人がいると、僕も

それだけで嬉しくなります。息子さんだって、喜んでいると思いますよ。いつもご家族が来てくれて」

五十嵐家の母親も妹も病院に足繁《あししげ》く通っている。それだけ大事に想われているということだ。馬場の言葉に、母親は「ありがとう」と目を細めた。

立ち話も何だし、と二人は近くのソファに腰を下ろした。ちょうど暇していたところだ。彼女には、このまま世間話に付き合ってもらうことにした。

忙しそうな医師や看護師。点滴を引いて歩く患者。花束を持った見舞いの家族。行き交う人々を眺めながら、二人は言葉を交わす。

「馬場さんは、どうしてこの病院に？　お腹を怪我《けが》したって聞いたけど……」

訊かれ、馬場は苦笑をこぼした。

「ええ、そうなんです」

どうやら自分の噂話もしっかり広まっているらしい。どう答えるべきか、悩ましいところだった。さすがに殺し屋に刺されたとは言えない。

「実は、恋人に浮気がバレて、腹を刺されちゃって」

という馬場の嘘に、母親は「あらまあ」と目を丸くした。

「結局、示談にしたんですが」

母親は眉をひそめた。「もちろん相手が悪いけど、あなたにも非があるわね」

「反省してます」

興味津々といったようすで、母親が尋ねる。「よく見舞いに来てるあの子は、どっち？　恋人？　浮気相手？」

あの子——林のことだろうか。どうやら彼女は林のことを女性だと思い込んでいるようだ。ここは適当に話を合わせておくことにした。

「あの子は、妹なんです」

「まあ、そうなの。お兄さん想いのいい子ねえ」

と、母親が微笑んだ。

「真澄ちゃんこそ」今度は馬場が質問する。「息子さんは？　事故ですか？」

「ええ、バイクでね」

答え、母親は肩を落とした。

彼女の話によると、息子の五十嵐壮真は不良少年だったらしい。学校にはろくに通わず、悪い仲間と付き合っていたそうだ。そんな兄の姿を見て育ったせいか、彼の弟までもが同じような生活を送るようになったという。

母親はバッグの中から一枚の写真を取り出し、馬場に見せてくれた。息子が友人と一緒に撮った高校時代の写真だ。白い特攻服姿の男子が三人並んでいる。母親は「両端が息子よ。右が壮真で、左が飛雄真。真ん中は壮真の親友の子」と説明した。

壮真と飛雄真に挟まれた中央の少年が、馬場はふと気になった。……この顔、どこかで見たことがあるような気がする。

「女手一つで育ててきたんだけど、上の二人は言うこと聞かなくて……やんちゃばかりしてたのよ、あの子たち」

「男の子はみんな、そんなもんですよ」

「あら、馬場さんもそうだったの？」

「僕は今でもやんちゃしてます」

という馬場の言葉に、母親は声をあげて笑った。「それは刺されてもしょうがないわね」

しばらくして世間話を切り上げ、二人はソファから腰を上げた。

別れ際、

「あ、そうだ」

と、母親が呟いた。

彼女はレジ袋を携えていた。その中から黒い塊を取り出し、馬場に手渡す。「これ、よかったら、ひとつどうぞ」

コンビニで買ったおにぎりだった。具は明太子だ。

「お好きかしら？」

と小首を傾げる母親に、馬場は力強く頷いた。「大好物です」

夕方の十八時過ぎ。川端コールサービスの自社ビルの中から、ひとりの男が出てきた。スーツ姿で、眼鏡をかけている。この会社の部長で間違いないだろう。求人ページに掲載されている写真と同じ顔だ。

男はこちらに向かって早歩きで進みはじめた。それを見計らって、大和はスマホを取り出した。片手で操作しながら、ふらふらと歩いていく。正面から歩いてくる社員によそ見をしながら近付き、わざとぶつかった。

「あ、すんません」

大和が謝ると、男は「いえ」と不機嫌そうに返した。足早に立ち去って行く。こちらの狙いには気付いていないようだ。

大和はそのまま会社の前を通り過ぎ、突き当たりの角を曲がった。電柱にもたれかかるようにして榎田が待っている。

「ほらよ」

と、男の所持品を手渡した。社員証だ。ぶつかった際に掏っておいた。

大和がくすねた社員証を見るや否や、榎田が「やるねえ」と声を弾ませた。社員証には、『川端コールサービス　部長　後藤和之』という文字と、男の顔写真が載っている。

「こんなもん掏らせて、どうすんだよ」

「これはただの社員証じゃない。磁気が入っていて、カードキーになってるんだ。これがないと、中には入れないよ」

「なんで知ってんだ、そんなこと」

「ちょっとね」

大和はぞっとした。こいつ、もしかして、あの会社の中にもうすでに盗聴器でも仕込んでるんじゃねえか。この男ならやりかねない。

用意していたマスクを着けて顔を隠すと、

「さて、行こうか」

と、榎田が声をかけた。

満を持して、二人はビルに足を踏み入れた。入ってすぐの正面に、エレベーターが二基。そのうちの片方に乗り込み、掏った社員証をセンサーに翳す。すると、エレベーターは勝手に進みはじめた。ゆっくりと下降していく。

地下一階に到着した。光の届かないそのフロアは薄暗く、人気がなかった。しんと静まり返っている。榎田は我が物顔で廊下をずかずかと進んでいき、ある部屋に入った。ドアには『部長室』と書かれていて、机とパソコンが置かれている。

すると、榎田は真っ先に椅子に腰を下ろし、パソコンの電源を入れた。

「おい、なにしてんだよ」

大和はぎょっとした。

榎田はカタカタとキーボードを叩きながら、「ついでにデータをいただこうかと」と悠長なことを言っている。そんなことをしている場合ではないのだが、榎田は指の動きを止めない。ハッカーであるこの男にとって、パスワードのかかったパソコンなど造作もないようだ。端末に保存されている重要機密をすぐに抜き出し、榎田はにやりと笑う。

「おー、あるある。裏帳簿に顧客リスト、今まで雇った社員の名簿も、全部残ってるみたいだね。ついでに削除されたデータも復元しとこ」

榎田はパソコンにＵＳＢメモリを差し込み、すべてのデータをコピーした。「これは捜査二課に高く売れそうだ」と満足そうだった。

コピーが完了し、榎田はパソコンからＵＳＢメモリを引き抜いた。データを上着のポケットにしまい、椅子から立ち上がる。

「遊んでる暇ねえんだよ。飛雄真を探さねえと」

行くぞ、と大和は榎田を促した。

部長室から出たところで、

「ねえ、なんか話し声聞こえない？」

と、榎田が言った。

大和は耳を澄ませた。言われてみれば、たしかに。

「誰かいるのか？」

声を辿《たど》っていくと、部屋のドアが見えてきた。入り口には『備品倉庫』と書かれている。

「……ここだな」

そっとドアを開けて中を覗き込むと、二人の男が見えた。

「あ」

知った顔だった。ひとりは探している人物。「飛雄真！」と、大和は彼の名前を叫んだ。

「えっ？　健人さん？　なんでここに――」

自分が迎えにくるとは思っていなかっただろう。飛雄真は驚き、目を丸くしている。

もうひとりの男は、まさかの斉藤だった。

「大和さん！　榎田さん！」と、斉藤が縋《すが》りついてきた。涙声だった。「やっぱり助けに来てくれたんですね！」

「いや、違うし」

「いや、違うけど」

二人は声を揃えて返した。

飛雄真を探しに来た会社の中に、まさか草野球チームの仲間の姿を見つけるとは思わなかった。いったいこんなところでなにをしてるんだ、と大和は驚いたが、一方で隣の榎田は平然としている。まさかこいつ、斉藤がいることを知ってたんじゃないだろうな。出し惜しみしてんのはどっちだよ、と心の中で舌打ちする。

斉藤と飛雄真は、なぜか書類をバケツの中に浸けているところだった。作業を中断し、事情を簡潔に説明する。「この会社、裏で詐欺やってるんですよ。俺らはまだ下っ端だから、こうして軟禁状態で雑用やらされてるんす」

榎田が「この三人に見覚えは？」と言って、飛雄真に写真を見せた。殺された三人の顔に、飛雄真ははっとしている。覚えがあるようだ。

「同僚です」飛雄真が頷く。「みんなここで働いてたけど、いつの間にか、全員いなくなってて……」

飛雄真の話によると、この部署に配属されている社員は、部長の後藤和之を含めて十四名。新人の斉藤を入れると十五人になる。他の社員はとっくに退勤しているが、飛雄真と斉藤は新人研修の最中なので、ここに寝泊まりしなければならない決まりになっているそうだ。

「それにしても、どうやって入ってきたんすか？　このフロア、上司と先輩しか出入りできないはずなのに」

という後輩の言葉に、

「お前らの上司から、鍵借りてきたんだよ」社員から掏ったカードキーを掲げ、大和は答えた。「早く逃げるぞ。真澄ちゃんが心配してる」

なにはともあれ、探し人が無事でよかった。真澄にいい報告ができそうだ。大和はほっとした。

斉藤と飛雄真を引き連れ、廊下を足早に進んでいく。ボタンを押し、四人はエレベーターが降りてくるのを待った。

「あ、そうだ、榎田さん」斉藤がふと口を開く。「俺の社員証の中に、アレ仕込んだでしょ」

という言葉に、榎田は笑った。「……あ、気付いた？」

アレとはおそらく、榎田の商売道具のひとつのことだろう。いつからなのかは知らないが、どうやらこの男は斉藤に盗聴発信機を仕込んでいたらしい。

「この会社がやばいってこと、知ってたんですよね？　なんで言ってくれなかったんですかぁ」

情けない声をあげる斉藤を、榎田が笑い飛ばす。「就職先が決まって嬉しそうだったからさ、水を差すのも悪いと思って」

「全然思ってないでしょ、そんなこと！」

と斉藤が叫んだ次の瞬間、エレベーターが到着し、ドアが開いた。乗り込もうとした四人の足が、ぴたりと止まる。

エレベーターには、男が乗っていた。青いツナギ姿の外国人だ。首から身分証を下げている。このビルの清掃員のようだが。

大和は焦った。榎田は素知らぬ顔をしているが、他の二人も見るからに顔が強張《こわば》っている。

とりあえず、関係者のふりをして誤魔化すしかない。「ご苦労さまです」と声をかけようとしたところ、

「動くな」

男が銃を抜き、こちらに向かって構えた。

6回裏

サリムの元に依頼が入ったのは、ちょうど清掃の仕事を終え、自宅に帰り着いたときのことだった。

電話の相手は後藤という男だ。

雇い主のリーダー的存在である高山は、いくつもの事業を手掛けている。そのうちのひとつ、会社を隠《かく》れ蓑《みの》にした詐欺集団の運営を、高山は後藤に任せていた。

後藤の話によると、その部署に不審な動きがあったらしい。五十嵐という新入社員が部長室に忍び込み、怪しい動きをしている姿が、部屋の監視カメラに映っていたそうだ。なんでもスマートフォンを取り返し、操作をしていたらしいが、おそらく外部に助けを求めようとしていた可能性が高いだろう。不穏分子は早々に取り除くのが彼らの方針だ。

『五十嵐飛雄真を拉致して、すべてを吐かせろ。そのあとは、いつもの手筈で処理してもらって構わない』

後藤はそう命じた。

「はい、わかりました。すぐに向かいます」

サリムは答え、電話を切った。

直後、携帯端末に社員名簿のデータが送られてきた。五十嵐のプロフィールが詳しく書かれている。この男は現在、研修中の身だ。会社に寝泊まりしている。拳銃を懐に忍ばせ、ツナギのポケットの中に予備の弾倉を仕込むと、サリムは車で現場へと向かった。

川端コールサービスの自社ビルは、中洲川端駅からほど近い場所にある五階建ての建物だ。サリムは普段、このビルの清掃員として雇われていた。殺し屋稼業の傍ら、すべてのフロアをたったひとりで掃除している。日本語がわからないふりをしているのは、社員たちを油断させ、会話を盗み聞きするためだ。裏切りそうな奴がいたら密告するようにと、雇い主に指示されていた。

ビルの中に入り、エレベーターに乗る。支給されているカードキーをセンサーに翳すと、エレベーターは地下一階へと降りていった。

ドアが開いたところで、サリムは面食らった。エレベーターの前の廊下に、四人の男が立っている。そのうち二人はうちの社員だろう。スーツ姿で、片方は五十嵐だった。もうひとりは最近入ってきた新人の斉藤だったか。

他の二人は見たことのない男だ。マスクで隠されていて顔はわからないが、どちらも派手な頭をしているので、この会社の人間でないことは確実だろう。だが、ここは部外者立ち入り禁止のフロアだ。いったいどうやって入ってきたのだろうか。何者なのだろうか、こいつら。わからないことだらけだ。

四人はエレベーターに乗るつもりだったようだ。突如、中からサリムが現れたため、揃って顔を強張らせている。

「動くな」

と、とっさに銃を抜き、サリムは構えた。驚いた斉藤が「ギャーッ!」と悲鳴をあげている。

「……思ったより早いご到着だね」

白金のキノコ頭が両手を上げながら言った。まるでこちらの動きを把握しているかのような口ぶりだ。

銃を構えたまま、エレベーターを降りる。サリムが一歩踏み出す度に、四人は恐々と後退《あとずさ》った。廊下の突き当たりまで、彼らを追い詰める。後ろは行き止まりだ。もう逃げ場はない。

「誰だ、お前ら」

二人の部外者を見比べ、サリムは問い質した。だが、彼らは無言を貫いている。いずれにせよ、このフロアを見られたのだ。生かしておく理由はなかった。

「まあ、いい。お前らには用はない、死んでもらう」

というサリムの言葉に、二人の男は一瞬、顔を見合わせた。

――さて、どちらを先に殺そうか。

サリムが引き金に指をかけた瞬間、

「飛雄真、斉藤、すまん」

と呟いたのは、ホスト風の男だった。

次いで、キノコ頭が口を開く。「先に謝っとくね」

――すまん？　謝っとく？　どういうことだろうか。彼らはなにを謝罪しているのだろう。二人を助けられなかったことか？　志半ばで殺されることか？

内心首を捻りながら、サリムはキノコ頭に狙いを定めた。

引き金を引こうとした、そのときだった。ホストが動いた。勢いよくサリムに体当たりしたのだ。その拍子に狙いが外れ、銃弾は大きく逸れてしまった。

態勢を立て直しているうちに、二人は走り出し、サリムの両サイドをすり抜けていく。

逃がすか、と振り返り、サリムは引き金を引いた。立て続けに発砲する。背中を狙うが、銃弾が当たらない。足の速い奴らだ。

そうこうしているうちに、銃弾が切れた。装塡しようとポケットに手を入れたところで、はっと気付いた。

──弾がない。

ツナギの後ろのポケットに予備の弾倉を入れていたはずだ。どういうことだと混乱しているうちに、二人はエレベーターに乗り込んでいた。『閉』のボタンを連打する音が聞こえる。分厚いドアが今にも閉じようとしている。慌てて追いかけるが、間に合わない。

ドアが閉まりきる直前、ホストがにやりと笑った。その手には拳銃の弾倉が握られていて、こちらに見せびらかすように振っていた。

いつの間に、と目を見張る。サリムにぶつかったあの一瞬に、ポケットから予備の弾倉を抜き取ってしまったというのか。

「そんなぁ！」

と、背後で斉藤が叫んだ。残された社員二人は頭を抱えている。ようやく、連中の先刻の言葉の意味がわかった。「すまん」「先に謝っておく」――なるほど、こういう策だったか。

手際のよさといい、とっさの機転といい、どっしり据わった度胸といい、あの二人組、只者《ただもの》ではなさそうだ。仲間をいとも簡単に見捨てる潔さも、敵ながらあっぱれである。いったい何者なのだろうか、とサリムは改めて思った。……まあ、それはこいつらに訊けばいいことだな、と五十嵐と斉藤に視線を移す。

弾を切らした拳銃を捨て、今度はスタンガンを取り出す。手っ取り早く気絶させてしまおう。あとは別の場所に運び込み、じっくり尋問すればいい。

7回表

絶体絶命のピンチというものは、どうしてこう俺の人生にだけ何度も訪れるんだろうか。

恐怖を通り越してもはや途方に暮れながら、斉藤はそんなことを考えていた。

榎田と大和が助けに（実際は違ったけれども）来てくれて、これでようやく逃げられると思った。なんだかんだで、自分はツイている。今回も何とかなりそうだな、と安堵していたところだった。

だが、そうは問屋が卸さなかった。敵に見つかった瞬間、あの二人は自分を置いてさっさと逃げてしまったのだ。信じられない。なんて薄情な人たちだ。斉藤は涙目になった。

それにしても、あの逃げ足の早さ。さすがは我がチームが誇る1・2番だ。感心すら覚えてしまう。

とはいえ、暢気に感心している場合ではない。清掃員の男にスタンガンを当てられてからの記憶がなく、どうやらそのまま気絶してしまったようだが、斉藤が目を覚ましたときにはすでに場所を移動したあとだった。

ここはいったいどこなのだろうか、と辺りを見渡す。どこかのテナントの一室のようだが、物がなにもない。すべての窓にシャッターが下りていて、外の景色は確認できなかった。

「五十嵐さん、五十嵐さん」

空きテナントのど真ん中で、斉藤と五十嵐は背中合わせに縛られていた。身動きが取れない。背後の先輩に声をかけると、もぞもぞと動く気配がした。

「……あ、え？　あれ？」

五十嵐も目を覚ましたらしい。戸惑う声が聞こえてくる。

「どこですか、ここ」

「わかりません」

斉藤は答えた。ただ、連中のアジトのひとつであることは確かだろう。

すると、五十嵐が急に涙声になった。「……俺ら、殺されるんすね。江口先輩みたいに」

江口先輩が誰なのかも、どんな目に遭ったのかも知らないが、このままでは二の舞になることは間違いない。

「諦めちゃ駄目ですよ」斎藤は表情を引き締め、自分に言い聞かせるように繰り返した。「9回裏3アウトまで、なにが何でも諦めちゃ駄目です」

「斎藤さん……」

「試合終了まで、なにが起こるかわかりませんからね」

斎藤は身を捩《よじ》った。両手を拘束している結束バンドを、なんとか緩めようと小刻みに揺さぶっていたところ、

「斎藤さん、なんでそんなに冷静なんすか。殺されそうになってんのに」

と、背後の五十嵐が尋ねた。

冷静ではなかった。これでも焦っているし、怖くてたまらないと思う。けれど、泣き喚《わめ》いたり、助けを求めて叫んだりしたところで、結局なにも解決しないのだ。自分から行動を起こさなければ状況は変わらないということを、この一年で斎藤は学んだ気がした。

「殺されそうになったことは、これが初めてじゃないんで」斎藤は苦笑した。「人間って、どんなことにも慣れてしまうんでしょうね」

とにかく今は、自分にやれることをやるしかない。

「ここから逃げましょう、五十嵐さん」

力強く告げた、ちょうどそのときだった。部屋のドアが開き、あの清掃員が入ってきた。斉藤は思わず悲鳴をあげた。

「逃げようとしても無駄だ」

清掃員は銃を構えている。銃口を五十嵐の頭に向け、「質問に答えろ」と脅す。

「お前、部長室に忍び込んだな？」

「な、なんのことすか」

「惚《とぼ》けても無駄だぞ。監視カメラの映像に映っていた。お前が部屋の中を漁《あさ》っている姿が」

その言葉に、五十嵐は「あ」と呟いた。

「なにをした？　助けを呼んだのか？」

「な、なにも」五十嵐が勢いよく首を振る。「なにもしてません！　ただ、スマホで遊びたくなって、ゲームしようと思ったんすよ！　でも、電波が通じなくて――」

すると、拳銃の銃口が、今度は斉藤に向けられた。「正直に答えなければ、こいつを殺す」

清掃員のその一言に、斉藤は青ざめた。「……えっ、俺？」

「お前のせいで、関係のない奴が死ぬんだ。それでもいいのか」

「本当です！　信じてください！　なにもしてないんです！」

「だったら、あの二人組は何者なんだ？　お前が助けを呼んだんじゃないのか？」

「違います！　俺はなにも知りません！」

「そうか」

残念だ、と呟き、清掃員が引き金に指をかける。

「今回の新人も嘘吐きだったな」

ひっ、と斉藤は悲鳴をあげた。やばい。これはまずい。殺される。だが、どうすることもできない。さすがに諦めざるを得ない状況だ。斉藤は目を強く瞑り、体を強張らせた。

そのときだった。突然、ドアが勢いよく開いた。清掃員は驚き、弾かれたように振り返った。

誰かが部屋に入ってくる。

「よう、邪魔するぜ」

しんと静まり返った空間に、ヒールの音が響き渡る。女かと思ったが、よく見れば違う。女のような容姿をしているが、彼は男なのだ。よく知るその顔に、斉藤は息を吐いた。体の力が抜けていく。

清掃員が尋ねる。「誰だ、お前」

「殺し屋だ」

拳銃を向けられながらも、

「悔い改めろ、直引き野郎」

林憲明は不敵な笑みを浮かべていた。


「――いや、なんでお前らがここから出てくるんだよ」

川端コールサービスの正面玄関から飛び出したところで、大和と榎田の二人を待ち構えていたのは、まさかの人物だった。

林憲明。草野球のチームメイトであり、殺し屋だ。

それはこっちの台詞だ、と大和は思った。今日はやけに仲間と出くわす。だが、悠長に世間話をしている暇はない。

「お、ちょっ、ちょっと待て！　俺はこの中に用が——」

「とにかく逃げるよ」

「話はあとだ」

騒ぎを聞きつけて連中の仲間がやってくる可能性もある。ここは一度退くのが賢明だろう。林を引き連れ、大和たちはビルから離れた。

なにも、斉藤たちを見捨てたわけではなかった。あの清掃員は言っていた。『お前らには用はない、死んでもらう』と。つまり、飛雄真と斉藤の二人に用があり、まだ殺すつもりはないということだ。こうしていったん撤退を決めたのも、残された時間の中で策を練り直すためだった。

逃げ込むなら、人目に付く場所が安全だ。三人は駅に戻り、ゲイツビルのカフェに入った。四人掛けのテーブル席に着くや否や、榎田はパソコンを広げている。その隣に大和が、向かい側に林が腰を下ろした。

「……俺、仕事中だったんだけど」林は不貞腐《ふてくさ》れながら、注文した豆乳ラテに口をつけた。「どういうことか説明しろよ」

先に榎田が口を開く。「あの川端コールサービスって会社、半グレが経営しているフロント企業で、詐欺の隠れ蓑になってるんだ」

「オレら、ワケあってあの会社探ってたんだよ」大和は説明を加えた。「中に入って調べてたら、ちょっとまずいことになっちまって」

潜入中にひと悶着《もんちゃく》あり、慌てて逃げだしたところ、林に遭遇した——経緯を簡潔に説明してから、「お前は？　なんであの会社に？」と質問を返す。

「ジイさんからの依頼だ。外国人の殺し屋を痛めつけろって」

林の話によると、あの清掃員はサリムという名のバングラデシュ人で、源造が面倒を見ていた殺し屋のひとりらしい。「あっ」と大和は思い出した。

「あの、直引きしてるって奴か」

そういえば、こないだ屋台で話していたな、と思い返す。自分もちょうど居合わせていた。

「せっかく尾行してたのに、お前らのせいで見失っちまった」

むすっとしている林に、

「見失ってないよ。むしろ、その逆」

榎田がにやりと笑う。パソコンの画面を眺めながら「その殺し屋、今は車で移動してるみたい」と言った。

「サリムに発信機付けたのか？」

林の質問に、榎田は「まあ、そんなとこ」と曖昧に答えた。正確にはサリムではなく斉藤に付けているのだが、サリムが斉藤を拉致したとなれば同じことだ。

「天神方面に向かってる」

「俺が行く。あとで現在地を送ってくれ」

と、林が席を立った。

「おい、林」

大和は呼び止めた。

「お前に頼みがある」

という言葉に、「珍しいな」と林が目を丸くする。

「オレの昔の後輩が、そのサリムって奴に捕まってんだ。ついでに助けてやってくれ」

すると、林は「高くつくぜ」と口の端を上げた。踵を返し、ゲイツビルをあとにする。

林の後ろ姿を見送ったところで、「いやぁ、よかった」と榎田が言った。

「林くんのおかげで、あの二人もなんとか助かりそうだ」

「ああ」大和は頷いた。林に任せておけば安心だ。「真澄ちゃんにいい報告ができる」

「キミの仕事もこれで終わりだね」

と言いながら、榎田はパソコンのキーボードを忙しく叩く。大和は横から画面を覗き込んだ。盗んだデータの内容を確認しているようだ。宮脇恵一、中津彰、江口順平——例の三人の情報が入っていた。

「この三人のデータ、端末から削除されてた。彼らの死にあの会社が関わっていたのは間違いないね。全員、サリムとかいう殺し屋に殺《や》らせたんだろうけど」

「直引きなんてケチな真似までしてな」

榎田が重松から引き受けた依頼は、三人の失踪事件の手がかりを摑むこと、だったはずだ。今回の一連の流れを報告してやれば、重松も十分納得するだろう。

「お前の仕事もこれで終わりだな」

同じ言葉を返すと、榎田は「そうでもないんだよねえ」と笑った。リュックの中から紙の束を取り出す。なにかの資料のようだ。

「なんだ、それ」

「詐欺被害者の情報。ジローさんからの依頼でね」

「復讐か？」

榎田は頷く。「復讐を依頼した詐欺被害者全員の名前が、さっき盗んだデータの顧客名簿に載ってるんだよ。おまけに、各々の被害額と裏帳簿の数字も見事に一致する。奇遇だよねぇ」

これがただの偶然のはずがない。榎田の言いたいことは察した。つまり、復讐屋が狙うべき標的は、あの川端コールサービスの上役連中だということだ。

だが、大和には関係のない話である。自分はただ、昔のダチの弟を救えればそれでいい。

「へえ、そう」

と、大和は素っ気なく呟いた。

「んじゃ、オレはこれで」

立ち上がる大和の上着の裾を、榎田が掴む。

「ちょっと待ってよ」

「あ?」

「ここまできたら一蓮托生《いちれんたくしょう》でしょ。最後まで付き合ってよ」

榎田は楽しげに言い、自分の耳を指差した。榎田の左耳にはワイヤレスイヤホンが装着されている。

「キミが仕込んでくれたアレ、アレのおかげで、面白い話が聞けたところだしね」

アレ、と言われて思い出す。川端コールサービスのビルから出てきた、あの後藤という社員。彼のポケットから社員証を掏ったついでに、大和は忍び込ませていた。セアカゴケグモ型盗聴発信機を。これも榎田の指示だった。

大和が仕込んだ発信機のおかげで、連中の居所は筒抜けである。つまり、これで復讐屋をアシストすることができるわけだ。ここまで先を読んでいて、あの指示を出したのだろうか。だとすると、末恐ろしい男である。

とはいえ、彼の依頼を手伝う義理はない。大和は榎田の腕を振り払った。「ここから先は、オレの仕事じゃない」

すると、

「いいのかなぁ」

と、榎田がにやにやと笑う。

「協力してくれないなら、この写真、ばら撒《ま》いちゃうけど」

そう言って彼が見せびらかしてきたのは、プリントアウトされた大和の写真だった。暴走族時代のものだ。改造バイクの前にしゃがみ込み、カメラに向かってガンを飛ばしている、特攻服姿のあの写真。さっきまでは一枚のみだったのに、いつの間にやら十枚近くに増えている。

「なっ」大和はぎょっとし、榎田の胸倉を摑んだ。「お前、焼き増ししてんじゃねえよ！　よこせ！」

写真を分捕り、大和はすべてをくしゃくしゃに丸めた。「別にいいけどね。この写真のデータ、ＵＳＢメモリに保存してるし」という榎田の言葉に、がっくりと肩を落とす。そこまでするか。用意周到な奴め。

「どう？　気が変わった？」

榎田が顔を覗き込んできた。悔しいが、このキノコ野郎、と憎たらしいしたり顔を睨み返すことしかできない。

渋々、大和はソファに腰を下ろした。「それで、なにをする気だ？」

「連中のアジトに殴り込みに行く」

「はあ？」

予想もしない発言に、大和は眉間に皺を寄せた。標的と直接相対するなんて、この男らしくない。なにか策でもあるのだろうか。

榎田はくしゃくしゃに丸められた写真の山を一瞥し、「昔の血が騒ぐでしょ？」とからかった。

榎田の情報は今日も正確だ。ＧＰＳを追ってたどり着いた天神にあるテナントビルの一室に、例の標的の男はいた。

「悔い改めろ、直引き野郎」

得意顔でドラマの決め台詞を言い放ち、林は一歩足を踏み出した。サリムが銃を構え直す間にすばやく距離を詰め、回し蹴りで拳銃を弾き飛ばす。

普段ならさっさと殺してしまうところだが、源造の依頼は「灸《きゅう》を据える」ことである。肉弾戦へと持ち込み、林は顔の前で拳を構えた。間髪を容《い》れずに攻撃を繰り出す。顔面めがけて軽くジャブを打つと、サリムは後退った。

サリムは大柄でパワーはありそうだが、その分動きは遅い。相手の攻撃を避けながら懐に潜り込むと、林はサリムの顎を拳で思い切り突き上げた。敵の動きが乱れた隙に、立て続けに攻め立てていく。左の頬に拳を打ち込めば、サリムはよろけ、壁にもたれかかった。

軽い脳震盪《のうしんとう》を起こしたサリムが、ふらつく足で突進してくる。身を翻して躱し、隙だらけの背中に蹴りを一発食らわせる。サリムが床に膝をついた。

立ち上がろうとする瞬間を狙い、林は右足を踏み出した。そのまま高く飛び上がり、空中で体を回転させながら、足の甲を相手の顔面に叩き込む。強烈な回し蹴りがサリムを襲い、勢いそのままに頭を壁に打ち付けると、その場に頽れ、蹲った。

林はその頭を摑み、虚《うつ》ろな目をした男に忠告する。

「直引きなんて二度とすんな。次はねえぞ」

聞こえているかは定かではなかった。サリムはすでに意識が朦朧《もうろう》としているようだが、構うことなく林はその顔面に拳でとどめを刺した。サリムはそのまま床に倒れ込み、微動だにしない。気絶したようだ。

これだけ痛めつければ源造も満足だろう。サリムもさすがに懲りたはずだ。一仕事終え、林は息を吐いた。

そのときだった。

「林さぁん！」

不意に、情けない声で名前を呼ばれた。

振り返ると、涙目になっている斉藤がいた。縛られているようで、身動きが取れないでいる。

気付かなかった。なんでこんなとこにいるんだ。きょとんとしている林に、斉藤は感極まった声をあげる。

「よかったぁ！　助けに来てくれたんですね！」

「いや、違うぞ」

自分が助けに来たのは斉藤ではない。よく見れば、彼の他にもう一人、拘束されている男がいた。スーツ姿の若い男だ。「お前が五十嵐飛雄真か？」と尋ねると、その男は何度も頷いた。

「大和の頼みだ。助けてやる」

得物のナイフを取り出し、二人を縛り上げている縄を解き、結束バンドを切ってやった。「ありがとうございます！」と、二人は手首を摩《さす》りながら安堵の息を吐いた。

林は伸びているサリムに近付き、服のポケットを漁った。財布とスマートフォンが入っている。「これは罰金だから」と、財布から万札を抜き取った。

次いで、サリムのスマートフォンを調べる。通話履歴を見たところ、数人とやり取りしているようだ。この中の誰かが、サリムの雇い主である可能性が高い。

――片っ端から電話してみるか。

端末に登録してある連絡先からひとつ選び、林は発信した。

7回裏

「――報告が遅いな」

サリムを自社ビルに差し向けてから、もう三時間以上が経過している。未だに連絡がないことを、高山たちは不審に思っていた。

高山ら三人は、いつものように【club.LOCA】に集まっていた。普段なら今日の稼ぎを祝い、ボトルを開けて乾杯するところなのだが、そうはいかない事態が発生している。

後藤の報告によると、なんでも川端コールサービスの新入社員が部長室に忍び込んでいたらしい。もしかしたら警察にタレ込もうとしていたのかもしれない。その五十嵐という社員を尋問するよう、後藤はサリムに命じた。そろそろ報告の連絡が入ってもいい頃合いなのだが、サリムからは未だ音沙汰なしだ。

「電話してみるか」

と、後藤が言う。

「いや、もう少し待とう」

と答えた、まさにそのときだった。サリムの端末から電話がかかってきた。通話に切り替え、「遅かったな」と声をかける。

『――あー、もしもし？』

返ってきたのは、聞き慣れない声だった。サリムの端末だが、電話の相手はサリムではない。

嫌な予感がする。

『あんた、こいつの依頼主？』

高山は警戒心を露《あら》わに、低い声で訊き返す。「誰だ」

『殺し屋だよ』

その言葉に、高山は息を呑《の》んだ。予感は的中してしまったようだ。

『自分がしたこと、身に覚えがあるだろ？』

訊かれ、高山は顔をしかめた。身に覚えがありすぎる。いったいどの話だ？　詐欺のことか、違法風俗のことか。それとも、ぼったくりバーか。狙われる理由が多すぎて判断が難しい。

『うちの雇い主がお怒りだぜ。きっちり落とし前付けさせろってな』

もしや、と思い至る。

落とし前——もしかしたら、怜音が絡んだあの一件のことだろうか。

——乃万組の若頭、相当キレてたぜ。落とし前付けさせてやるって言ってた。あんたらも、見つかったらタダじゃ済まねえよ。

怜音はそんなことを言っていた。

「さあ、なんのことだか」

『恍けんなよ』

あの男は若頭の娘を誑《たぶら》かし、乃万組にボコられ、罰を受けた。そして今、乃万組はその首謀者である高山らを探し回っていることが窺える。

『次はお前らの番だ。首洗って待ってろよ』

相手は電話を切った。

高山が深く息を吐くと、

「どうした」後藤が眉間に皺を寄せた。「顔色が悪いぞ」

「誰からだ？」と、屋島が尋ねる。

「サリムじゃなかった」高山は答えた。「殺し屋だそうだ。おそらく、乃万組が雇ったんだろう」

　後藤の顔色が変わる。「まずいな」

「首洗って待ってろ、だとよ」

　サリムの端末から電話してきたということは、すでにサリムは殺られているかもしれない。もしくは、捕まって拷問され、高山たちの情報を吐かされている可能性もあるだろう。だとすると、乃万組の連中がいよいよ迫ってくる。これから厄介なことになりそうだ。高山と後藤は揃って表情を曇らせた。

　だが、屋島だけは違った。

「落ち目のヤクザがデカい顔しやがって。上等じゃねえか。ヤクザなんて怖くもなんともねえ。こっちだって人数集めて返り討ちにしてやろうぜ」

「いつの時代の話だ、馬鹿」

　威勢を張る屋島に、高山はため息をついた。

　鉄パイプやら金属バットやらを担いで、気に食わない連中が通う学校に乗り込んでいたあの頃から、屋島の性格は少しも変わっていないようだ。暴走族だった頃はそれでよかったかもしれない。だが、今は違う。正面からぶつかり合ったところで、時間と労力の無駄でしかない。

「なんだよ、このまま尻尾巻いて逃げる気か？」

しかしながら、屋島の言うことにも一理ある。暴力団が恐れられていた時代は終わったのだ。暴追の動きが激しくなり、連中の力はどんどん弱っている。カチコミだの抗争だのと、武力で制圧する時代錯誤な集団は絶滅寸前である。今の時代に必要なのは、頭だ。半グレだろうとヤクザだろうと、賢い奴が勝つ。

「乃万組のせいで、こっちのシノギが潰されてんだぞ。やり返してやろうぜ」

自分が仕切っている高級バーが臨時休業に追い込まれたことで、屋島は鬱憤が溜《た》まっているのだろう。高山だって、やられっ放しは性に合わなかった。面子《めんつ》を潰されたら、報復する——不死鳥時代のルールは、未だに体に染みついている。

シノギといえば、乃万組の岸原は金塊を取り扱っているという話だった。さっそく高山は電話をかけた。

『もしもし？』

相手はすぐに出た。

「俺だ」

『あ、どうも』

電話の相手は怜音だ。

「ＩＣチップはどうだ？」

『はい、おかげさまで。手術してもらいました』

「それはそうと」話題を変える。「乃万組の金塊の話、どうなった？」

『そうそう、その件でちょうど連絡しようと思ってたんすよ。愛梨の話じゃ、明日取引があるらしいっす』

　怜音の情報によると、運び屋の連中がもうすぐ福岡入りするらしい。

　密輸したのは、総額五億円以上の金塊だという。「取引の場所と時間、女使って訊き出しとけ」と怜音に命じ、高山は電話を切った。

「乃万組の金塊、横取りするぞ」

　という一言に、屋島は「そうでないとな」と喜んだ。

8回表

「――ねえ、ちょっと待って、ちょっと状況を整理させてちょうだい」

ジローが掌をこちらに向け、話の腰を折った。

その夜、大和と榎田は【Bar.Babylon】を訪れた。これまでの経緯と、今後の計画について説明するためだ。

カウンター席の右から、マルティネス、榎田、大和、林の順に座っている。他に客はいない。店のドアには『本日貸し切り』の札がかかっている。

「つまり」と、カウンターの中にいるジローが反芻する。「榎田ちゃんは行方不明事件を調べてて、大和ちゃんは失踪した知り合いを探してたのね」

「そっす」

と、大和は答えた。

「そしたら、その黒幕が川端コールサービスって会社の上席だった、と」

「そう」

今度は榎田が頷く。

「それで、その会社が雇っている殺し屋が、林ちゃんの標的だった？」

「そうなんだよ」最後に林が言葉を返す。「びっくりだよな」

「ほんと、すごい偶然ねえ」

ドリンクを作りながら目を丸くするジローに、

「本題はここからだよ」

と、榎田が告げる。

「やだ、まだあるの？　もう結構お腹いっぱいなんだけど」

「その会社に忍び込んで、機密データを盗んできたんだ。顧客名簿と裏帳簿を調べたら、復讐屋に依頼した人物の名前や被害額と一致してた」

「あら、まあ」

ジローは口に手を当てて驚いた。

「ということは」と、マルティネスが口をはさむ。「その会社の人間から金を奪い返せば、復讐の依頼を果たせるってことか」

首謀者は三人組の半グレだということは、榎田が調べ上げていた。大和が仕掛けた盗聴器が役に立ったようだ。盗み聞きした会話からわかったことだが、あの後藤という社員の他に、リーダー格の高山と、屋島という手下の男がいるらしい。

「それはそうと、なんでお前らまでここにいるんだ?」

と、マルティネスが首を傾げ、林と大和を見た。

「俺は、ジイさんの依頼だよ」

林が引き受けた依頼は、直引きをしているサリムにお仕置きするだけではなかった。まだ依頼人に罰金を払わせる仕事が残っている。殺し屋を雇っていた半グレには、きっちり支払ってもらわなければならない。

「俺の標的はお前らと同じってわけだ。ここは手を組もうぜ」

「オレは」大和は口を開き、隣の男を一瞥する。「ただ、こいつに付き合わされてるだけっす」

すると、マルティネスが「なんだ、弱みでも握られてんのか?」とからかうように笑った。図星すぎてなにも言い返せない。

「手伝ってくれるのは有難いけど」ジローが腕を組んで唸る。「問題は、どうやって実行するか、よね」

「それについては、ボクに考えがある」

　と、榎田が言った。

「どうする気だ？」

「連中のアジトに乗り込むんだよ」

　榎田の言葉に、皆揃って眉をひそめた。

「は？　乗り込む？」

「そう」

「誰が？」

「みんなで」

「みんな？」

「そ。ここにいるみんな」

　いったいどういうことだ、と訝しげに顔を見合わせている仲間たちに、大和は肩をすくめて告げる。「オレらみんな、これからこいつのお遊びに付き合わされる、ってことっすよ」

　ますます意味がわからない、といったようすで、全員が首を捻った。

「用意してもらいたいものがある」榎田は構わず話を進めていく。「ジローさんは、全員分のスーツとサングラスを」

「え、ええ」戸惑いながらも、ジローは頷いた。「わかったわ」

「林くんはアタッシュケースと武器になるものを。ケースは大きめで、多めに準備しといて」

「武器はどんなのがいい？」

「任せる。脅しに使えればいい」

「了解」

林は頷いた。

「足も必要だから、キミはどこからか車借りてきといて」榎田が大和に命じる。「できれば高級車で。ヤクザが乗り回してそうなやつ」

大和は肩をすくめた。「……簡単に言うなよ」

「俺はなにをすればいいんだ？」

マルティネスが尋ねたところ、

「マルさんには、ある人物と連絡を取ってほしい」

と、榎田はにやりと笑った。

8回裏

キャリーケースを引きずる男が四人、人通りの少ない路地を並んで歩いていく。中洲にある貴金属店へと向かっている最中のようだ。怜音の情報通りだった。

あのケースのひとつには、約25キロの金塊が入っているらしい。四人合わせると100キロだ。怜音が岸原の娘から訊き出した情報によると、本日、乃万組の連中は運び屋から金塊を受け取り、正午頃に貴金属店を訪れる予定だという話だった。

「準備はいいか」

高山は声をかけた。

「ああ」

「いつでも行けるぜ」

助手席の後藤と後部座席の屋島が、覆面をかぶりながら頷いた。

ゆっくりと車を動かす。四人の隣にぴたりと横付けしたところで、高山たちは勢いよく車外に飛び出した。

「な、なんだお前ら――」

戸惑う男たちを取り囲む。

後藤と屋島が催涙スプレーを構え、四人の顔に向かって噴射した。激痛に苦しむ男たちに、次から次へと蹴りを食らわせて時間を稼ぐ。隙を突いた襲撃に、乃万組の連中は一瞬にして混乱に陥っていた。

その間、高山はワゴン車にキャリーケースを積み込んでいく。

「早く乗れ！」

すべてを運び終えると、高山は叫んだ。

再び車に乗り込み、発進する。あとは逃げるだけだ。高山はアクセルを強く踏み込んだ。


「――まさか、こんなにうまくいくとは思わなかったな」

三人はその後、アジトにしているテナント【club.LOCA】に戻った。ボックス席のテーブルの上にいくつかの金地金を積み上げながら、屋島が高笑いをあげる。

「最初からこうすればよかったぜ。人を騙してちまちま稼ぐのが馬鹿らしくなってくるな」

奪った金塊は総重量100キロ。とてもじゃないが、ひとつのテーブルに積み切れない。

後藤が電卓を弾く。「今の金の価格に換算すると、ざっと五億七千万円ってところだ」

その言葉に、屋島は喜びの悲鳴をあげた。乾杯しようぜ、と冷蔵庫の中からシャンパンを取り出す。

今頃、乃万組の連中は腸《はらわた》が煮えくり返っていることだろう。報復が成功し、高山はほくそ笑んだ。

そのときだった。

高山はふと、監視カメラのモニターに目を向けた。入り口のドアに設置され、道路側を映しているその映像に、男の姿がちらついている。誰か来たようだ。

ホスト風の男。怜音だった。

店に入ってきた怜音は、金塊の山を見つけるや否や「おお！　うまくいったんすね！」と声を弾ませた。

「なにしに来たんだよ、お前」

と、屋島が眉間に皺を寄せている。

「ひどいっすよ。誰のおかげで稼げたと思ってるんすか」

自身がしくじったことはすっかり忘れてしまったような言い草だ。面の皮の厚い奴だな、と高山はため息をついた。

怜音がここに来た理由はわかっている。金をせびりにきたのだろう。高山はキャッシャー用のカウンターの中にある金庫の鍵を開け、

「ほら、情報料だ」

と、札束をいくつか手渡した。五億七千万の金塊を手に入れたのだ。数百万の支払いなど痛《いた》くも痒《かゆ》くもない。

「あざっす」

頭を下げ、怜音が立ち去ろうとした、そのときだった。監視カメラのモニターに新たな動きがあった。店の前に、見慣れないフルスモークのベンツが停車している。その中から、数人のスーツ姿の男が降りてきた。

「おい、誰か来たぞ」

と、叫んだときには、すでに遅かった。男たちが中へと押し入ってくる。

直後、

「全員、動くな」

男たちは拳銃を構え、高山らに銃口を向けた。

あっという間に取り囲まれてしまった。

侵入者は、全部で五人——黒いシャツに黒いスーツの痩身の男。派手な柄のシャツを着た黒人の大男。金髪でオールバックの小柄な男が二人と、髪の長い男がひとり。全員がサングラスをかけているので、顔はよくわからない。

突如、怜音が叫んだ。

「こいつ！　乃万組の手下だ！」

浅黒い肌の大男を指差し、うろたえている。

「間違いねえよ！　俺、こいつに拷問されたんだ！」

という怜音の言葉を、男は否定しなかった。「ああ、その節はどうも」と唇を歪《ゆが》めている。

——ということは、こいつらは乃万組の連中か。

高山は顔をしかめた。乃万組はまだこちらの居場所を掴んでいないだろうと踏んでいた。絶対にアジトの位置を知られないよう、用心していたつもりだ。キャリーケースにGPSが仕掛けられていることも想定し、途中でケースを入れ替えたし、車のナンバーだって偽装した。

——それなのに、なぜだ？　なぜこの場所がわかったんだ？

いくら考えても、わからなかった。いったいどこでしくじってしまったのか、身に覚えがない。

「てめぇら、えらいことしてくれたなぁ」リーダー格の痩身の男が、拳銃で床を指した。「両手上げて、全員そこに座れや」

言われるがまま、高山たちはその場に並んで正座した。

だが、屋島だけは言うことを聞かなかった。高山は「やめろ」と叫んだが、遅かった。屋島が立ち上がり、雄叫《おたけ》びをあげながら、痩身の男に向かって突進する。

その瞬間、髪の長い男がすばやく動いた。屋島の前に立ちはだかる。直後、「ぐあぁ」と悲鳴があがった。男の手には小さなナイフが握られている。屋島は大腿《だいたい》を切りつけられていた。

「座れ、っつったよな？」長髪男がドスの利いた声で言う。「てめえ、言葉がわかんねえのか？　動物か？　あ？」

その隣にいた黒人の男が「おすわりくらいできる動物もいるけどな」と軽口を叩い

た。

「いてえ！　くそっ！　てめえ、ふざけんなよ！」床に転がったまま、屋島は喚き散らしている。「ぶっ殺してやるからな！」

「威勢のいい奴だ」長髪の男が肩をすくめる。「もう少し痛めつけて黙らせるか」

屋島に向かって再びナイフを振り下ろそうとした、そのときだった。不意に携帯電話が鳴り、長髪の男はぴたりと動きを止めた。着信のようだ。「こんなときに」と舌打ちをこぼしている。左手で端末を耳に当て、「なんだ、今は取り込み中だ」と不機嫌そうに答えた。

「例のブツならちゃんと用意する。ああ、５４０グラムだ。取引は今日の夕方だ。遅れるなよ」

そう言って、男は電話を切った。薬物の取引だろうか、と高山は思った。乃万組はもうヤクから手を引いたと聞いていたが。

「さて」電話を懐にしまい、男は本題に入る。「こいつみたいに血を流したくなかったら、おとなしく話を聞いてくれ」

次いで、金髪の男が口を開いた。「取引をしようぜ」と提案する。

「お前らが悪さやって稼いできた金、その金庫に入ってんだろ？　有り金全部、俺らに寄こせよ」

「はあ？　ふざけんなよ、なんでそんなこと――」

反論する屋島の言葉を遮り、痩身の男が訊く。「嫌か？」

「当たり前だろ！」

「それじゃあ、お前らをこのまま拉致して、岸原さんのところまで連れて行こう。こいつらがウチの大事な商品を強奪した連中です、ってな」

高山たちは揃って絶句した。

そんなことになれば、確実に命はないだろう。

「もし、俺らに慰謝料を払う気があるなら、岸原さんにはこう伝えといてやる。『金塊は取り返しましたが、犯人には逃げられました』」

「……俺らを見逃すってわけか」

「悪い話じゃねえだろ？」

男が口角を上げる。

つまり、岸原には内緒で懐を潤そうという魂胆なのだ。

「さあ、選べ。このままここで全員死ぬか、それとも金を払って命を買うか」

男の言葉に、高山らは口を噤んだ。この状況を脱する方法はないか、頭の中で策を練る。相手は五人。全員武装している。こちらは四人で、丸腰だ。ひとりは負傷している。数でも武力でも勝ち目はない。重たい金塊や札束を抱えて無傷で逃げ出せるほど、甘くはなかった。

数秒置いて、高山は口を開く。

「……鍵は631452 43だ」

金庫の暗証番号を告げると、男はにやりと笑った。「話のわかるリーダーだ」

すぐに男たちは金庫を開け、中の札束をアタッシュケースに詰め込んでいく。

すると、

「有り金全部って言ったよな？」

と、長髪男が言った。

「全員、財布出せよ」

銃口を向けられては抵抗できない。舌打ちし、高山たちは男に向かって自分の財布を投げた。四つの財布から札だけを抜き取り、男は自身の懐に入れた。

「二度とうちの組に手ぇ出すなよ」

と言い残し、その五人組は去って行った。金塊と現金の入ったケースを携えて。

あっという間の出来事だった。ほんの二、三十分だ。こんな短時間で、五億七千万円相当の金塊と一億円近くの現金を奪われてしまった。命があってよかったと割り切れる額ではない。

静まり返った部屋の中、

「くそ」と、高山は吐き捨てた。「こんなときに、サリムはどこでなにしてんだ」


意識を取り戻したとき、サリムは空きテナントの中で大の字になって倒れていた。ふらつく頭を抱えながら、現状を把握しようと試みる。たしか、あの女みたいな殺し屋と戦って、気絶してしまったんだった。

どれくらい時間が経ったのだろう。携帯端末を取り出して確認したところ、日付が変わっていることを知った。

そうだ、と思い出す。

雇い主からの依頼はまだ済ませていない。五十嵐には逃げられてしまった。斉藤もいない。最悪の事態だ。このまま警察に駆け込まれては困る。不穏分子を始末し、早く仕事を終わらせなければ。

サリムは五十嵐飛雄真についてのデータを確認した。雇い主から送られていたものだ。まずはそこに記載されている住所を当たってみたが、留守だった。どこかに身を隠しているのかもしれない。

そのデータによると、五十嵐飛雄真には、母と妹、そして入院中の兄がいるらしい。病院の住所も書かれていた。これは使える。家族を餌におびき寄せればいい。

情報を頼りに、サリムは病院へと向かった。

福岡市内にある総合病院。五十嵐の兄の病室は四階だ。五十嵐壮真――ネームプレートを確認して中に入る。

ベッドに横たわる若い男。彼が兄の壮真か。重体のようで、患者の体にはいくつもの医療器具が繋がっている。サリムは舌打ちした。ここから連れ出すには一苦労だ。どうしたものかと頭を悩ませていたところ、来客があった。若い女が部屋に入ってくる。「あなた、壮真くんの妹さんですか？」と、サリムは彼女に声をかけた。

「はい、そうですが……」

女は訝しげにサリムを見つめている。警戒している表情だった。

「あなたは？」

「壮真くんの友人です」

この女にしよう、とサリムは思った。

妹を拉致し、この部屋に書き置きを残し、五十嵐飛雄真を誘い出そう。さすがに大事な家族を人質にされてしまえば、あの男も逃げ回っているわけにはいかないだろう。

「一緒に来てください」

サリムは距離を詰め、妹の腕を摑んだ。

「は、離してください」

女が首を振る。

懸命に腕を振り払おうとするが、サリムの力には敵わない。

「いいから、言うことを聞け」

と、低い声で脅す。

「助けて！」女が叫んだ。「誰か、助けて！」

騒がれてはまずい。慌てて女の口を掌で塞ぐ。

サリムは苛立っていた。仕事が滞っていることに。依頼をさっさと片付けてしまいたかった。だから、少々乱暴な策に出ても構わないと思った。

手っ取り早く気絶させてしまおう。サリムはスタンガンを取り出した。

9回表

昼食を平らげ、馬場はひとり個室でため息をついた。

病院食にもとっくに飽きている。体に良《い》いメニューなのは結構なことだが、薄い味付けにも腹八分目の量にも満足できない。そろそろジャンクなものを腹いっぱいになるまで食べたいな、などと思いながら、馬場はお裾分けのリンゴに齧《かぶ》り付《つ》いた。今朝、五十嵐家の母親からもらったものだ。最近はお隣さんからの施しで小腹を満たす日々だった。

今日のプロ野球はデーゲームだ。備え付けのテレビの電源を入れ、野球中継にチャンネルを合わせる。レギュラーシーズンは終了し、現在はクライマックスシリーズの真っ最中だ。

固唾を呑んで試合を見守る。

4回裏、ホークスの攻撃。ノーアウト満塁という絶好のチャンスを迎えたにもかかわらず、点は入らなかった。キャッチャーフライとゲッツーでスリーアウトチェンジ。思わず馬場は「ああ、もう！　なんしょうとかいな！」と苛立った声をあげた。直後、そういえばここは病院やったなと反省し、「犠牲フライぐらい打たんか」と声をひそめて愚痴をこぼした。

「……はよ退院したかぁ」

誰もいない部屋でひとり呟く。病室でのテレビ観戦は味気ないものだ。豚骨味のカップラーメンも、好物の明太子もない。ワーワーと騒ぎ立てる自分を「うるせえ」と一喝する同居人もいない。

ふと、思い出す。そういえば、あの同居人、明太子を買ってくると約束したっきりで、未だに音沙汰なしだった。

いったいいつまで待たせるつもりだ。携帯電話を手に取り、林に電話をかけてみたところ、

『――なんだ』

と、不機嫌そうな声色が返ってきた。

「俺やけどさ」

『今は取り込み中だ。さっさと用件を済ませろ』

馬場は「ん？」と思った。なんだか林のようすがおかしい。声色が普段と違うような気がする。口調も厳かだ。

「明太子、いつになったら買ってきてくれるとよ」

『そう急かすな』林はやけにドスの利いた声で喋っている。『例のブツならちゃんと用意する』

――ブツ？　なんそれ？

馬場は眉をひそめた。

……明太子のことよね？

首を傾げながら、確認する。「無着色レギュラー、家庭用？」

『ああ、５４０グラムだ』

「はよ持ってきてよ」

『取引は今日の夕方だ。遅れるなよ』

――取引？　なんそれ？

どうも会話が嚙み合ってない気がする。

電話を切ったあとで、

「……リンちゃん、変なモンでも食べたとかいな」

馬場は首を捻った。


「安全運転で頼みますよ。店の後輩に借りた車なんで」

運転席に乗り込んだジローに、大和が声をかけた。後部座席には大和と林と榎田の三人が、助手席にはマルティネスが座っている。

「ふふ、うまくいったわね」

ジローが目を細めた。サングラスを外し、車のアクセルを踏み込む。

計画の発起人である榎田は昨夜、こう指示した。

『用意してもらいたいものがある』

スーツ、サングラス、アタッシュケース、武器、高級車――榎田ご所望の品を、それぞれが準備した。

スーツとサングラスは、暴力団員に扮《ふん》するための衣装だ。ジローは全身黒ずくめ、マルティネスは派手な柄シャツ。大和や林、榎田は下っ端風に、地味なデザインの黒服姿。

高級車は足であると同時に、ヤクザになりすます小道具でもある。さすがに田中家《たなか》のファミリーカーで敵のアジトに乗り込むわけにはいかない。大和は最近客にベンツを買ってもらったというあの後輩ホストに頼み込み、一日だけ愛車を貸してもらうことにした。ピッカピカの新車だ。傷ひとつ付けることなく返却しなければ、とんでもない賠償金を請求されかねない。

アタッシュケースは、半グレの連中から奪い取った金を詰めるためのもの。今はトランクの中にある。

それから、武器の拳銃。

「意外と気付かれないもんだな」

と、助手席のマルティネスが拳銃を構え、車の天井に向けて撃った。パン、という小さな破裂音とともに、銃口から偽の弾が飛び出す。その直後、「いてっ」と叫んだのは、後部座席の榎田だった。跳ね返った弾が彼の頭に当たったようだ。

脅しに使えればいいとのことだったので、用意した拳銃はすべて偽物、エアガンだった。とはいえ、弾が当たるとそれなりに痛い。

「ちょっと、危ないじゃん」

榎田が口をへの字に曲げると、

「ああ、すまねえ」マルティネスは軽口を叩いた。「そういや、今日はヘルメットかぶってなかったな」

チンピラを装うため、榎田はいつものマッシュルームヘアをオールバックに固めている。

「痛かっただろ、守るもんがないから」

「キミに言われたくないんだけど」

なにはともあれ、乃万組のヤクザになりすまし、半グレ連中から金を奪い返す作戦は見事に成功した。

十数分ほど車を走らせたところで、中洲に到着する。ひとまず、ジローは近くの駐車場にベンツを停《と》めた。車のトランクを開ける。アタッシュケースの中には一億近くの札束が詰まっている。

「報酬を分配しましょう。みんな、いくら欲しい？」

ジローが尋ねると、

「俺はこれだけでいいや」

と言い、林が胸元を叩く。彼の懐のポケットには、連中の財布から抜き取った数十万円が入っている。「こんだけありゃ、ジイさんも満足すんだろ」

「ボクもいらない。このデータで十分」と、榎田はポケットからＵＳＢメモリを取り出し、見せびらかしている。「これを捜査二課に渡せば、それなりの報酬がもらえるだろうしね」

「本当にいいの？　残りは全部、詐欺の被害者に返しちゃうわよ？」

「ああ、好きにしろ」

と言い残し、林は立ち去った。

次いで、

「ボクもここで。これから重松さんに会う予定だから」

じゃあね、と榎田が踵を返す。

「なあ、キノコくん」

大和が呼ぶと、榎田が足を止めた。

「――なに」

肩を組み、顔を寄せて小声で尋ねる。「……あの写真のデータ、消す約束だよな？」

あの写真――大和の暴走族時代の写真だ。付き合わなければ写真をばら撒くと脅されていた。

ところが、

「そんな約束したっけ？」

と、榎田は恍けている。

「はあ？　ふざけんなよ、ちゃんと最後まで付き合ってやっただろうが」

「付き合わなかったら拡散するとは言ったけど、付き合ったら消してあげるとは言ってないよね」

という小憎たらしい言葉に、大和は青筋を走らせた。「テメェ、この！」と榎田の胸倉を摑み、強く揺さぶる。「ちょっとアナタたち、なに喧嘩してんのよ」とジローが止めに入った。

「じゃあねぇ」

ひらひらと手を振りながら、榎田が軽やかな足取りで去っていく。その後ろ姿を見つめながら、大和は肩をすくめる。

「おい、大和」

不意に、マルティネスが声をかけてきた。

「なんすか？」

「お前、今」マルティネスが首を傾げる。「なに盗ったんだ？」

エース投手が五本もホームランを打たれ、ホークスは窮地に立たされていた。さらに1アウト一・二塁の場面で、相手チームがダブルスチールを敢行。無警戒だったバッテリーはあっさり両走者の進塁を許してしまい、馬場のフラストレーションも最高潮だ。

スコアは7対1と大敗している。6回表でこの点差とあっては、ここから巻き返すことはなかなか厳しいだろう。球場のファンのテンションも下がっている。ホームでの試合とは思えないほどの冷めきった雰囲気が画面越しにも伝わってきた。

これ以上は見ていられない。馬場はイライラしながらリモコンを手に取り、テレビの電源を消そうとした。

そのときだった。

不意に、声が聞こえてきた。

「……ん？」

テレビの音量を下げ、耳を澄ます。

若い女の声が聞こえる。

隣の部屋からだ。この病院は壁が薄いため、近所の話し声が聞こえてくるのはいつものことなのだが、今日はなんだか妙に騒がしい。離して、やめて、助けて——そんな叫びが聞こえてくる。

さすがに無視できない言葉だった。

「何事かいな」

馬場は眉をひそめた。

なにやらもめているようだ。隣の部屋は、五十嵐家の息子の病室である。この声は娘の真澄だろうか。

心配になり、馬場は隣の部屋に向かった。ドアが数センチ開いている。中を覗き込むと、男が立っていた。清掃員風の、作業着姿の男だ。

その男が、真澄を羽交い締めにしていた。

掌で真澄の口を塞いだまま、懐からなにかを取り出す。

スタンガンだった。

「ちょっと！　あんた、なんしょうとよ！」

馬場は思わず部屋に飛び込んだ。患者衣のまま回し蹴りをお見舞いし、相手のスタンガンを蹴り飛ばす。

いったいどういう状況なのか、この一瞬では把握できなかった。この男が何者なのか、どうして五十嵐真澄を襲っているのか、わからない。だが、か弱い娘をスタンガンで気絶させようとする人間なんて、ろくな奴ではないことは確かだ。助けに入る理由は十分で、無意識のうちに体が動いていた。

それになにより、馬場は今、むしゃくしゃしていた。贔屓球団の情けない試合運びに、この上なく腹を立てていた。ひと暴れしたい気分だったのだ。

かかってこい、と指先で男を挑発する。

男は真澄を放り出し、馬場に突進してきた。冷静さを欠いているようで、真正面からがむしゃらに攻撃してくる。後退りながら、馬場は繰り出される拳を避けていく。攻撃のスピードに目が慣れたところで、馬場は相手の腕を掴んだ。と同時に、上体を捻るようにして、男の頬に逆の拳を叩き込む。

清掃員の男は軽くよろめき、血の混じった唾を床に吐くと、再び馬場に向かってきた。馬場は相手の腹に前蹴りを食らわせた。男の体が勢いよく弾かれ、背後の壁に衝突する。馬場は体勢を立て直す暇を与えず、馬場は攻撃を畳みかけた。まるでサンドバッグを殴りつけるかのように、顔とボディに連続のパンチをお見舞いする。

ボコボコに殴られ、男の足はふらついていた。止《とど》めを刺そうと、馬場は壮真が寝ているベッドを踏み台にして、高くジャンプした。勢いそのままに、空中で回転を加え、蹴りを繰り出す。男の頭に馬場の足が直撃し、体が大きく弾かれる。男はそのまま壁に頭をぶつけ、気絶してしまった。

床に倒れたツナギ姿の男を見下ろし、

「こいつ、誰？」

と、馬場は尋ねた。

「……さ、さあ」真澄は放心している。「兄の友人だって、言っていましたが……」

真澄の話によると、彼女が兄の見舞いのため病室を訪れたところ、この男が中にいたらしい。「一緒に来い」と腕を摑まれ、真澄が抵抗すると、男はスタンガンを取り出した。

そして、間一髪のところで馬場が助けに入った、という次第だ。

「助けていただいて、ありがとうございました」

と、真澄が頭を下げた。

「お母さんには、いつもよくしてもらっとるけんね」馬場は目を細めた。「お裾分けのお礼たい」

すぐに警察に通報した。馬場が袋叩きにした男は、駆け付けた警官によって気絶したまま手錠をかけられ、担架で運ばれていった。

なにはともあれ、これで一件落着だ。あの男が何者で、なにが目的だったのかは知らないが、それはこれから警察が明らかにしてくれるだろう。壮真も真澄も無事でよかった。

だが、困った事態が起こった。ずきりと痛みが走り、

「あ、いててて」

馬場は腹を押さえながらその場に蹲った。「大丈夫ですか」と真澄が心配そうに顔を覗き込んでくる。

額の汗を拭いながら、馬場は苦笑を返した。

「大丈夫、大丈夫。ちょっと久しぶりやけん、はしゃぎすぎただけ」

この痛みからすると、傷口が開いてしまっているかもしれない。しばらくは部屋でおとなしく寝ていよう、と自室に戻ったところで、馬場は目を見張った。

つけっ放しになっていたテレビの野球中継。

「……なんで？」

ぽかんと口を開けたまま、その場に立ち尽くす。

スコアが7対8になっている。馬場が不審者と格闘し、警察に事情を説明している間に、ホークスは6点差をひっくり返し、大逆転していた。

どうやら自分は、いちばん面白い場面を見逃してしまったらしい。

ジローたちと別れてから、林は那珂川沿いの通りへと向かった。

今はまだ夕方だ。【源ちゃん】は準備中である。組み立て途中の屋台の椅子に腰かけ、林は依頼の報告をした。

「ほらよ」と、くしゃくしゃになった札を手渡す。「直引きしてた連中から巻き上げてきた。サリムっていう殺し屋も、しっかり懲らしめといたから」

「おう、悪かねえ」

「雇い主の奴ら、結構な悪党だったよ」

源造の仕事を手伝いながら、林は今回の事件の一部始終を話した。

「半グレの連中らしい。裏で詐欺の会社もやってて、サツにタレ込もうとした社員をサリムに殺させてたんだ」

「半グレか」と、源造が呟くように言う。「この街も、だんだん半グレの力が強くなってきとるなぁ」

ところで、と源造が話題を変える。

「お前さん、なしてそげん格好ばしとるとね？」

「ああ、これか」

林は黒いスーツ姿で、サングラスをかけていた。普段女装している彼にしては珍しい格好である。

「榎田の計画で、一芝居打ったんだよ。乃万組のヤクザになりすまして、半グレ連中から金を取り返すためにな」

事情を説明すると、源造は「それは楽しかったろう」と目尻に皺を寄せた。

「馬場が聞いたら、うらやましがるやろうねえ。『そんな面白そうなことやるんやったら、俺もかたらしてよー』って」

その一言に、林ははっとした。

「そうだ！　馬場！」

思い出した。ふくやの明太子を買ってこいとせがまれていたことを、すっかり忘れていた。今、何時だ？　まだ直営店は開いているだろうか。

源造と別れてから、林はすぐに最寄りの店舗に駆け込み、無着色レギュラー味の明太子を購入した。その後、タクシーに乗って病院を目指し、面会時間ギリギリに滑り込んだ。

馬場は個室の中で着替えている最中だった。「ほら、例のブツだ」と林がふくやの袋を渡すと、馬場は「おおっ」と喜んだ。

馬場は上着を脱いでいた。鍛え上げられた上半身は包帯でぐるぐる巻きにされている。

それを見て、

「あっ！」

林は思わず叫んでしまった。

馬場の体を指差し、指摘する。

「お前、血ぃ出てんじゃねえか！」

彼の腹に巻かれた包帯は、赤く滲んでいた。

傷口が開いている。この野郎、と林は歯を食いしばった。おとなしくしとけって、あれほど言ったのに。

「また素振りでもしてたんだろ、このバンバカが！」

「ち、違うとよ」

　すると、馬場は慌てて弁解した。

「これはね、男に襲われとった女の子を助けたときに――」

　なんだそれは、と呆れてしまう。もっとマシな言い訳があるだろうに。林は一喝した。

「見え透いた嘘吐いてんじゃねえ！」


　ナインと別れてから、榎田はゲイツビルを目指した。その一階のカフェで、これから重松と会うことになっている。相手はすでに到着していて、コーヒーを飲みながら待っていた。

　向かい側に座り、今回の事件について報告すると、

「……そうか、全員殺されてたか」

　と、重松は肩を落とした。それでも、四人目の被害者を防げたことは不幸中の幸いだ。

「首謀者は逮捕できないだろうね」

「どうして？」

「連中の情報、ボクが乃万組に流しといたから。そのうち死体が博多湾に浮いてくるかも」

「おいおい、物騒なこと言うなよ」

盗まれた金塊はマルティネス経由で乃万組に返却することになっている。榎田はついでに今回の黒幕三人の情報を密告しておいた。今頃、乃万組のヤクザたちが目を血走らせてアジトに乗り込んでいることだろう。どんな落とし前をつけさせられるのか、見物だ。

重松は財布を取り出し、「とにかく、助かった。ありがとな」と情報料を榎田に手渡した。

席を立つ相手を、

「あ、そうだ、重松さん」と、榎田は呼び止めた。大事な用件を忘れていた。「二課に知り合い、いる？」

「二課？」

捜査二課は主に詐欺事件を担当している。重松が所属している部署とは毛色が違うのだが。

「まあ、いるにはいるが……どうした？」

「ちょっと事情があって、コネを作っておきたくて」

榎田は曖昧に答えた。

「あるデータを、有能そうな二課の刑事に渡してほしいんだ。今回の詐欺事件の情報がいっぱい詰まってるから、今後なにか捜査の役に立つかもしれない」

「賄賂ってわけか」

「まあね」

と笑いながら、ポケットの中に手を突っ込む。

その直後、

「……あ」

榎田は呟いた。

上着のポケットに入れていたはずのＵＳＢメモリが、ない。

黙り込む榎田に、

「どうした？」と、重松が不思議そうに尋ねた。

「いや、ここに入れてたＵＳＢが……」

ない、と呟く。

すべてのポケットも、リュックの中も、ありとあらゆる場所を探した。だが、そのUSBメモリは、どこにも見当たらない。

失《な》くしたはずはない。考えられるとすれば、ひとつだけ。盗まれたのだ。思い当たる人物はひとりしかいない。

「……まあ、今日のところは花を持たせてあげようかな」

榎田は唇を歪めた。

借りていたベンツを後輩ホストに返却したところで、大和は病院に向かった。自然と足が向いていたのだ。飛雄真や半グレの一件に関わり、懐かしい過去を思い出したせいだろうか。

四階。個室の前に、五十嵐家の母親がいた。思わず踵を返しそうになったが、どうもようすがおかしい。母親は警備員と話をしていた。制服姿の二人組に向かって深々と頭を下げている。

警備員が立ち去ったところで、

「なにか、あったんすか？」

と、つい声をかけてしまった。

母親は一瞬、大和を見て目を見開いたが、すぐに「ええ」と頷いた。

「壮真の病室に、不審者が侵入したの」

その言葉に、今度は大和が驚く番だった。「えっ」

母親の話によると、男に襲われたのは、ちょうど真澄が見舞いに来ていたときだったそうだ。犯人はすでに逮捕され、警察が連行した。そして彼女は、病院に駐在している警備員に事情を聴かれていた、ということらしい。

「大丈夫、壮真も真澄も無事よ。通りかかった男性が助けてくれたの」

そうですか、と大和は呟き、視線を落とす。よかった。ほっとした。無事ならそれでいい。

帰った方がいいだろう、と思った。五十嵐家に関わるなと言われていたにもかかわらず、またここへ来てしまった。

背を向けようとしたところで、

「前田くん」

不意に名前を呼ばれた。

「話は飛雄真から聞いたわ」母親の声色は、穏やかだった。「あの子を助けてくれたそうね。本当にありがとう」

「いえ、そんな——」

「あの日のことも」

その一言に、はっと息を呑む。

「あの日、なにがあったのかは知ってるわ。真澄に聞いたから」

「いや」大和は声をあげた。「あれはオレが、オレのせいで——」

母親はゆっくり首を振り、大和を制した。

「もう、苦しまなくていいのよ。あなたのことは、誰も恨んでないわ。私も、壮真だって」

予想もしなかった言葉に、大和は大きく目を見開く。

「だから、もうここには来ないで。お金もいらないわ」

母親は、笑っていた。その穏やかな笑みを見て、ようやく気付く。もう関わるなと言われていた理由を。その言葉の裏側に隠された、本当の意味を。

「……わかりました」

ここには来ない方がいい、と思った。オレがここに来ると、いつまで経っても先に進めないのだ。オレも、この人も。時間があの日のまま止まってしまう。いい加減、後ろを振り返るのはやめなければならない。

最後にしよう、と思った。親友の見舞いは、これで最後だ。

「最後にもう一度だけ、壮真の顔を見ていってもいいですか」

という大和の頼みに、母親は頷いた。ドアを開け、大和を中へと招き入れる。

親友は相変わらず眠ったままだった。規則的に鳴り続ける電子音に耳を傾け、大和は心の中で呟く。

――なあ、壮真。オレも、前に進んでいいのかな。

親友の体に手を添え、告げる。

「次は、お前が退院するときに来るから」

未来の話をするのは久しぶりだ。その言葉に答えるかのように、壮真の睫毛《まつげ》が微《かす》かに震えた。そんな気がした。

母親に頭を下げ、大和は病室を出た。廊下を歩いていると、どこからか話し声が聞こえてきた。

「これは没収だ！」

「あっ！　なんでよ！」

「当たり前だろ！」

「俺の明太子返してよ！」

「いい子にしてない奴にご褒美があるわけないだろ！　俺が家で食う！」

「やけん、違うって言いよるやんかぁ！」

隣の部屋がやけに騒がしい。

聞き覚えのある声だ。なにやってんだあの二人は、と大和はため息をつきながらエレベーターに乗り込む。

病院を後にしてから、しばらく中洲の街を歩いた。やがて、福博《ふくはく》であい橋に到着した。橋の真ん中に立ち、中洲の街並みを眺める。馴染《なじ》み深い景色だ。日が暮れ、ネオンがうっすらと灯《とも》りはじめている。

大和はスーツのポケットの中から、黒い塊を取り出した。

USBメモリだ。

榎田と小競り合いをした、あの数秒間。胸倉を摑んだときに、どさくさに紛れて榎田のポケットからこれを掏っておいたのだ。

このメモリを、榎田は捜査二課に売りつけると言っていた。だが、この中のデータには、川端コールサービスの電話詐欺に関わった人物全員の名簿も入っている。つまり、五十嵐飛雄真の情報も含まれているのだ。

榎田から二課にこのデータが渡れば、飛雄真が事件に関与していたことを警察に知られてしまうだろう。それを許すわけにはいかなかった。飛雄真と五十嵐家を守るために、大和は榎田を出し抜いた。わざと挑発を煽り、自然な流れで接触して、彼のポケットの中のメモリを頂戴したわけだ。

今頃、榎田は大事なデータがないことに気付き、慌てていることだろう。いい気味だ、と思う。いつも飄々《ひょうひょう》としている男の顔を思い浮かべ、大和は笑った。自分がいちばん有能だと思うなよ。たまには思い知りやがれ。

ゆったりと流れる那珂川に向かって、大和は勢いよく助走をつけ、ＵＳＢメモリを投げ込んだ。

9回裏

「――さっきの男、どっかで見たことあるんすよね」

沈黙を破ったのは、怜音のその一言だった。

乗り込んできた乃万組のヤクザは五人いた。「どの男だ？」と、高山は尋ねた。

「あの、下っ端っぽい奴っすよ。オールバックの金髪頭で、赤いメッシュ入った」

誰だっけな、と怜音が首を捻る。

高山は肩をすくめた。「そりゃあ、見覚えがあって当然だろ。お前、乃万組の雑用やらされてたんだから。どこかで顔合わせてたんじゃないか」

「たしかにそうっすね」

ヤクザ連中が立ち去り、ひとまず難を逃れた。だが、損害は大きい。せっかく奪った金塊も、売上の現金も盗られてしまった。おまけに、屋島は負傷している。

「屋島、大丈夫か？　病院行くか？」

「いや」

屋島は首を振り、

「平気だ」血の滲む大腿をシャツで縛り上げた。「傷は浅い」

そうだな、と頷く。傷はまだ浅い。連中に巻き上げられたのは、売上の三分の一程度だ。残りの金は他の場所に保管している。

「おい」

と、声をあげたのは、後藤だった。

「これ、見ろ」

スマートフォンの画面をこちらに向ける。『バングラデシュ人を逮捕。窃盗目的で病院に忍び込む』というニュースの見出しと、男の顔写真が載っていた。

見覚えのある顔だ。

「サリムじゃねえか！」

と、屋島が叫ぶ。

高山は頭を抱えた。「……なにやってんだ、あいつは」

なにがあったのかはさっぱりわからないが、サリムが逮捕されている。これは由々しき事態だ。事情聴取でサリムがすべてを自供してしまえば、芋づる式に自分たちの悪事が暴かれてしまうだろう。警察に追われるのも時間の問題だ。

となると、やるべきことはひとつ。

「海外に飛ぶぞ」

という高山の提案に、後藤も頷く。「そうするしかないな」

幸い、資金はある。隠しておいた金だ。

「怜音、お前は金を運ぶのを手伝え」

と、高山はホスト崩れの男に命じた。屋島がこの状態では使い物にならないだろう。人手は多い方がいい。


すぐに高山たちは車に乗り込んだ。向かう先は、三号線沿いにあるレンタルスペースだ。この中の金庫にこれまでの悪事で稼いだ金を隠している。まさかこんなところに億単位の大金が眠っているなんて誰も思わないだろう。

レンタルスペースの店舗には、小さなコンテナがずらりと並んでいる。その中の46番と書かれたコンテナの扉に鍵を差し込み、中に入った。金庫の暗証番号を押してロックを解除し、中から現金を取り出す。

四人がかりでボストンバッグに札束を詰め込んでいたところ、

「――ずいぶんと景気がよさそうじゃねえか」

背後で男の声がした。

不意を突かれ、驚いて振り返る。

いつの間にか、コンテナは黒服の男たちに囲まれていた。全員が、拳銃をこちらに向けて構えている。金を詰めることに必死で、気付かなかった。

リーダー格の男が、革靴の足音を打ち鳴らし、ゆっくりとした歩調でコンテナの中に入ってくる。その顔を見て、怜音が絶句していた。

屋島が唸る。「誰だ、テメェ」

「乃万組の岸原」男が答えた。「って言ったら、わかるか？」

岸原――あの岸原か。高山は目を見張った。「どうしてここが――」

「お前の中のチップだよ」

と、岸原が怜音を指差した。

「なんだと」高山は眉をひそめ、怜音に視線を向ける。「お前、チップは取り除いてもらったはずじゃ――」

すると、怜音がむきになって反論した。「そうっすよ！　ちゃんと手術してもらいましたよ！」

言い争う二人を眺め、岸原は声をあげて笑う。

「お前がカウンセリングから帰った後、あの闇医者先生んとこ行って、頼んどいたんだよ。摘出したフリをしといてくれ、ってな」

残念だったなぁ、と岸原が唇を歪めた。

「ま、待ってくれ」

このままではまずい。焦りが芽生え、高山は慌てて声をあげた。

「金塊のことなら、謝るよ。ちゃんと部下に返した。許してくれる約束だろ？」

「ああ、そのことか。実は、そいつらは部下じゃないんだ」

岸原の言葉に、高山は目を剝《む》いた。

「俺の顔馴染《かおなじ》みの拷問師に打診されたんだ。『金塊を奪った連中を知ってる。仲間と協力して取り返してきてやる』ってな。連中はお前らの金が目当てだった。俺らは金塊とお前らの居場所がわかればいい。利害が一致してる。事情を聞いて、手を組むことにしたんだよ」

ということは、つまり、あの五人組はヤクザでもなんでもなかったってことか。すべて芝居だったのか。自分たちの売上金を奪い取るための。

高山は愕然とする。

「正直なぁ、金塊なんてもんはどうでもいいんだよ」

岸原が低い声で告げる。

「俺はな、大事な娘を傷付けられて怒ってんだ」

乃万組の岸原の娘は、怜音のカモだった。

その黒幕は、自分たちだ。

この事実がなにを意味するか、わからないはずがない。

「テメェら、金塊の強奪にうちの娘を利用しやがったろ？　あれな、全部罠《わな》だったたんだよ。いい加減、娘もそこのホストに愛想を尽かしてたからなあ。お前らにうちの金塊を奪わせるよう、わざと仕向けたってわけだ。俺の可愛い愛梨を嵌めた連中に、報復してやるためにな。そもそも、テメェらみたいな半グレ連中がでかい顔してる今の世の中が、俺は気に食わねえんだよな」

ドスの利いた声で吐き捨てる。

「ヤクザなめんじゃねえぞ、クソガキ」

そう言うと、岸原は「全員捕まえろ」と顎をしゃくった。

ヒーローインタビュー

この日の練習試合には、久々にメンバー全員が揃って顔を出していた。入院中であるキャプテンの馬場も特別に外出許可をもらい、サーモンピンクのユニフォームを身にまとっている。とはいえ、まだセカンドとして試合にフル出場できるような状態ではないので、今日は監督代行を務めることになっていた。

三塁側のベンチ前にて、

「1番ライト・大和くん、2番センター・榎田くん」

馬場監督代行が発表した本日のオーダーに、豚骨ナインはざわついた。普段、1番を打っているのは榎田だ。

「たまにはよかろ、こういうのも」

と、馬場は得意げに胸を張る。ベンチで見守る役割とはいえ、久々の草野球だ。ずいぶんと張り切っているように見えた。

彼に代わって試合に出る源造が笑う。「馬場監督は攻めるねえ」

「徹夜で考えてきたらしいぜ、今日のオーダー」

と、小馬鹿にしたような声で林が暴露した。

「おいおい、張り切りすぎだろ」

「病院でなに体に悪いことしてんのよ、もう」

マルティネスとジローの二人も呆れている。

しばらく雑談をしていたところ、

「そういえば」

と、林が口を開いた。

「あの殺し屋、どうなった？」

あの殺し屋――サリムのことだ。

「とっくにビザも切れとったし、国に送り還されるやろう」源造が苦笑する。「ばってん、あの男、もう殺し屋ば辞めるって言いよったし、ちょうどよかったかもしれんねえ」

「え」林が目を丸める。「あいつ、殺し屋辞めんのか？　なんで？」

「ボコボコにされたのがトラウマになったごたぁ。この業界でやっていく自信がない、って言いよったばい」

するとと、

「なんだよ、あの程度でびびっちまったのか？　うどん並みにコシのねえ奴だな」

と、林は鼻を鳴らした。どこか誇らしげな顔をしている。

「悪かったなぁ、ジイさん。俺が強すぎるせいで、そいつの心を折っちまったみたいだ」

「リンちゃんは容赦なかもんねえ。少しは手加減してやりゃいいのに」馬場が気の毒そうな顔になった。「誰か知らんけど、その殺し屋さんもかわいそかぁ」

雑談しているナインの輪を離れ、大和はベンチの端に腰掛けた。スポーツドリンクを呷《あお》っていると、

「1番だって」

と、榎田が声をかけてきた。隣に座りながら、「よかったね」と笑う。

たしかに、2番より1番の方が盗塁の数は伸ばせるかもしれない。現在の盗塁記録は、榎田が三十四、大和が三十。その差は四個だ。一試合で逆転できる可能性もある。榎田の前を打つことになったこの試合は、チャンスだった。

などという本音を隠しつつ、大和は素っ気なく返す。「別に」

「えー？」

「打順とか、どこでもいいし」

「またまたぁ、嬉しそうな顔しちゃって。特攻総長の血が騒いでる？」

「……うるせえよ」

またそれか、と大和はうんざりした。だから嫌だったんだ、こいつに弱みを知られるのは。

ふと、榎田の言葉が頭を過ぎる。『この写真のデータ、ＵＳＢメモリに保存してるし』――今もまだ、自分の弱みは彼の掌中にあるのだ。

「おい、あの写真のデータ、いい加減寄こせよな」

睨みつけると、榎田はなぜか目を丸くした。「え」

「なんだよ」

「中、見てないんだ？」

「は？　何の話だよ」

榎田は質問に答えなかった。

「ねえ」

急に声色が変わる。

「ボクのポケットからアレ盗んだの、キミでしょ」

アレ――詐欺集団のデータが入ったUSBメモリのことだろう。あれを榎田のポケットから掏り、那珂川に投げ捨てたのは自分の仕業だ。

だが、大和は素知らぬふりをした。「なんのことだよ、知らねえよ」

「あれ、ダミーだよ」

「えっ」

思わず声をあげる。

そのあとで、しまった、と気付いた。これでは自分が犯人だと認めているようなものだ。

案の定、榎田はしてやったりの表情を浮かべている。

「ボクを出し抜けると思ったの？　まあ、キミのスリの腕は認めるけどさ。キミがボクから掏ったあのUSBには、別のデータが入ってたんだよねえ」

「おい、本物はどこだよ」

「とっくに警察に渡したよ。詐欺に加担した社員には、これから事情聴取するんじゃないかな」

「えっ」と声をあげたのは、近くでストレッチをしていた斉藤だった。二人の会話が耳に入ってきたらしい。「今の話、本当ですか」と青ざめている。

あのデータの中には、親友の弟の情報も入っているはず。飛雄真はせっかく真っ当に働こうとしているのだ。ここで彼が警察に捕まるようなことは避けたかった。だから大和はメモリを掏り、あのデータを処分したというのに、どうやら相手の方が上手だったらしい。

このキノコめ、と憎たらしく思っていると、

「安心して」

と、榎田が口の端を上げる。

「五十嵐飛雄真に関するデータは削除しておいたから」

大和は舌打ちした。なんとも言えない感情がわいてくる。ほっとすると同時に腹が立つ。負けを認めたくはないが、やはりこいつは頭が切れる。

「俺のは!? 俺のデータは!?」と縋りつく斉藤を軽くあしらい、ベンチから腰を上げた背番号24を見つめながら、大和は思い返した。

先刻の彼の言葉。

暴走族時代の写真のデータを寄こせという自分の発言に対し、榎田は「中、見てないんだ?」と驚いていた。その直後に、ＵＳＢメモリの話題を振ってきた。

そして、大和が掏ったのはダミーで、別のデ、ー、タ、が入っている、という一言。

——それじゃあ、あれには何のデータが入っていたんだ？

少し考えれば、わかることだった。

「……あ」

呟き、膝を打つ。

「くっそ、騙された」

言葉とは裏腹に、自然と笑いがこぼれてしまった。

自分はただ、榎田の言動に踊らされていただけだった。あのとき、奴が見せびらかしたUSBメモリには詐欺集団のデータが入っているものだと、完全に思い込んでしまっていた。

自分の恥ずかしい過去は、どうやらとっくに那珂川の底に沈んでいたようだ。この男がここまで読んでいたのだとしたら、認めざるを得ない。

今回は完敗だ。

馬場監督代行が「試合始まるばい」と声をかけている。大和は帽子のつばを前に戻し、ベンチから腰を上げた。

整列し、挨拶を交わす。

審判が試合開始のコールを告げた。

今日もラーメンズは先攻だ。そして、自分が先頭打者。いつもならネクストバッターズサークルに向かうところだが、今日はいきなり打席に入った。

盗塁王争いには負けられない。何としてでも塁に出なければ。大和はセーフティバントを敢行した。三塁側の絶妙な位置に転がし、一塁手が捕球するよりも先にベースを駆け抜ける。

ノーアウト一塁。打席には榎田が入る。監督代行からバントのサインはない。自由に打て、ということだ。源造の言う通りだな、と思った。馬場監督は積極策がお好みらしい。

だが、大和にとっても好都合だった。これは盗塁のチャンスだ。リードをいつもより広めに取り、ピッチャーのモーションに集中する。足を上げた瞬間、躊躇《ためら》いなく二塁に向かって走った。

いいスタートを切れた、と思った。

ところが、盗塁には至らなかった。

ピッチャーが投げた初球は、高めの明らかなボール球。それなのに、榎田はバットを振ったのだ。普段なら見逃すはずのコースなのに。

打球音は鈍かった。ショートへのボテボテのゴロだったが、勢いのなさが逆に功を奏した。大和はすでに二塁についている。捕球し、遊撃手は一塁に投げたが、榎田の足が勝った。

——くそ、あの野郎。

大和は顔をしかめた。

見逃せば1ボール。大和の盗塁は成功し、ノーアウト二塁のチャンスになるはずだった。それをわかった上で、榎田はわざと初球から打ちにいったのだ。すべては大和に盗塁をさせないためだ。一塁にいる榎田は、こちらに向かって歯を見せた。どこまでも小賢《こざか》しい奴だな、と思う。

図らずもエンドランが決まり、ノーアウト一・二塁のチャンスとなったのは、結果オーライである。三番打者は源造だ。

すると、監督代行の馬場がサインを出した。

大和は驚いた。てっきりここはバントで1アウトを献上し、堅実に塁を進めていくかと思いきや、違ったのだ。

「いやいや、いきなりっすか」

塁上で思わず呟いてしまう。

馬場が出したのは、ダブルスチールのサインだった。二人の走者に、同時に先の塁を狙えというのだ。

大和はちらりと一塁を見た。榎田も「いきなり無茶言うなあ」という表情を浮かべている。それでも、どこか楽しげな色は隠しきれていなかった。

きっと、自分も今、同じような顔をしているのだろう。

球は投げられた。

あとは、とにかく前に進むしかない。大和は三塁を目指し、全速力で駆け抜けた。

GAME SET

あとがき

約二年ぶりの続刊です。だいぶお待たせしてしまい申し訳ありませんでした。別に著者が病気したわけでも何でもないので、どうかご心配なく。おかげさまで毎日元気に過ごしておりますが、最近はキックボクシングにハマってしまい、トレーニングに明け暮れています。このままだと十年後には小説家から格闘家に転身しているかもしれません。

そんな冗談はさておき、本シリーズをずっと応援してくださり、新刊を楽しみに待っていただいていた方がいらっしゃること、とても嬉《うれ》しく思っております。「そろそろ書き方を忘れそうです……」と担当編集さまに泣き言を漏らしましたところ、こうして9巻を執筆させていただくこととなりました。先の言葉の通り、久しぶりすぎて「あれ？　『博多《はかた》豚骨《とんこつ》ラーメンズ』ってどうやって書いたらいいんだっけ？」とものすごく苦戦しながら作り上げたのですが、担当さんから「面白かった」の一言をもらったときは本当にほっとしました。今まで待っていてくださった読者さまにも楽しんでもらえたらいいなと願うばかりです。

思えば、『博多豚骨ラーメンズ』の1巻が発売されたのは2014年の2月でした。この9巻でちょうど6周年となります。こんなに長くシリーズを続けられるとは、当初はまったく思っておりませんでした。これもひとえに、ずっと買い支えてくださった読者さまのおかげでございます。心より御礼申し上げます。誠にありがとうございました。そして願わくは、これからも本シリーズを応援していただけましたら嬉しいです。

さて今回、作中に詐欺集団が登場していますが、メディアワークス文庫にて詐欺を題材にした『マネートラップ』というシリーズを上梓《じょうし》しております。お金とギャンブル大好きな詐欺師・ミチルと俺様イケメン御曹司・ムヨンの凸凹コンビが繰り広げるコンゲームクライムコメディでして、『マネートラップ　三流詐欺師と謎の御曹司』『マネートラップ　偽りの王子と非道なる一族』の二作が発売中です。チャーミングなバディの明るく楽しいお話となっておりますので、未読の方はぜひぜひ、こちらのシリーズもお手に取っていただけましたら幸いでございます。どうぞよろしくお願いいたします。

木崎《きさき》ちあき

＜初出＞

本書は書き下ろしです。

この物語はフィクションです。実在の人物・団体等とは一切関係ありません。

メディアワークス文庫

博多《はかた》豚骨《とんこつ》ラーメンズ9

木崎《きさき》ちあき

2020年2月25日　初版発行
2024年9月20日　5版発行

発行者　山下直久
発行　株式会社**KADOKAWA**
〒102-8177　東京都千代田区富士見2-13-3
0570-002-301（ナビダイヤル）
装丁者　渡辺宏一（有限会社ニイナナニイゴオ）
印刷　株式会社KADOKAWA
製本　株式会社KADOKAWA

●お問い合わせ
https://www.kadokawa.co.jp/（「お問い合わせ」へお進みください）
※内容によっては、お答えできない場合があります。
※サポートは日本国内のみとさせていただきます。
※Japanese text only

※定価はカバーに表示してあります。

Printed in Japan
ISBN978-4-04-913085-0 C0193

メディアワークス文庫　https://mwbunko.com/

本書に対するご意見、ご感想をお寄せください。

あて先
〒102-8177　東京都千代田区富士見2-13-3
メディアワークス文庫編集部
「木崎ちあき先生」係